Sᴀʀᴀʜ-Lʏɴᴇ Iꜱʜɪᴋᴀᴡᴀ

L'EMPIRE DES DRAGONS !

Éditions M-F-P 2015 ©

Première édition :
© M-F-P, Juin 2016
Dépôt légal : Juin 2016
© M-F-P, 2016

ISBN : 979-10-95309-04-8

L'EMPIRE DES DRAGONS

À mes filles Typhaine et Aude,

© m-f-p décembre 2015, version Kindle

La jeune femme poussa son dernier cri, un léger soupir, et ferma les yeux définitivement. Le seul bruit qui inondait la grotte à présent était les cris du nourrisson qu'elle venait difficilement de mettre au monde. La sage-femme regarda le prêtre et secoua la tête négativement. Elle enveloppa délicatement le nouveau-né dans des tissus propres afin de le tenir au chaud. Le petit cessa aussitôt de crier et s'endormit rapidement. L'homme qui attendait non loin poussa soudain un cri de surprise en apercevant la chevelure du nourrisson. Un joli mélange de noirs et brun.

— Ce petit ne vient pas de chez nous ! s'écria-t-il avec dégoût.

C'était pourtant lui qui avait ramené la jeune femme au refuge. Dehors, il neigeait toujours. L'homme était un messager. Il parcourait les routes pour livrer divers plis importants à travers toute la contrée. Il l'avait découvert alors qu'elle s'était évanouie dans la neige. Il savait que cette grotte servait souvent de refuge aux voyageurs qui se retrouvaient temporairement bloqués par les tempêtes de neige fréquentes en cette saison. Il espérait bien y trouver quelqu'un pour prendre soin de cette femme et repartir aussitôt après la tempête. Le prêtre prit le pendentif qui était au cou de la jeune femme et le donna à la sage-femme.

— C'est le seul bien que ce petit possède de sa mère désormais.

La sage-femme prit l'étrange pendentif et le mit délicatement au cou du petit.

— Ce petit ne vient pas de chez nous en effet, confirma le prêtre en observant la couleur étrange de la chevelure du petit. Il vient de par-delà les montagnes. Et il se peut qu'un jour l'un de leurs peuples revienne le chercher. D'ici là nous devons prendre soin de lui. Nous devons le protéger.

— Nous ne connaissons rien de ce peuple-là ! dit le messager. Certains disent que ce sont des barbares et qu'ils nous tueront sans hésiter ! Pourquoi avoir fait un enfant avec une de nos femmes ? Ne sont-ils pas déjà en train de nous envahir ?

— Du calme ! S'ils voulaient nous envahir, ce serait déjà fait. Il a fallu au moins neuf lunes pour que cette femme mette au monde ce petit. N'avez-vous donc rien appris lors de vos apprentissages ? Ce peuple est un peuple pacifique tant qu'on ne les agresse pas. Ils ont été désignés il y a fort longtemps pour combattre l'empire de l'ombre qui se situe également par-delà les montagnes.

— Tout cela n'est qu'une légende, rien de plus ! Nous n'avons jamais rencontré de tel peuple ! Ni ceux de l'empire de l'ombre ! Tout ça, ne sont que des contes pour faire peur aux enfants !

— Le croyez-vous vraiment ? demanda le prêtre. Lorsque l'empire de l'ombre se décidera à envahir toute la contrée par-delà les montagnes, si rien ne les arrête, ils viendront également ici. D'après la légende, c'est l'un des leurs qui sera capable de lever une armée. L'un des leurs qui les vaincront. C'est ce qui était écrit dans les textes sacrés. Et tout ce qui est écrit s'est toujours réalisé. Même la grande sécheresse d'il y a dix lunes de cela. Et cette épidémie d'il y a cinq lunes de cela.

— Je vous ai amené la femme, dès que le temps le permettra, je repartirais livrer mes messages. Après, toute cette histoire ne me concernera plus.

— Je m'occuperais du petit jusqu'à ce qu'il atteigne l'âge de l'apprentissage, annonça la sage-femme en berçant le petit doucement.

— Nous nous occuperons de son apprentissage d'enfant, dit le prêtre. Ensuite, je demanderais à un ami de prendre le relais concernant ses autres apprentissages. Jusqu'à ce que ce peuple vienne enfin le chercher. Parce qu'ils viendront, soyez-en sûr !

Lorsque la neige s'arrêta, le messager repartit avec son cheval laissant la sage-femme et le prêtre s'occuper de l'enterrement de la jeune femme et s'occuper du nourrisson.

La sage-femme vivait dans un petit village non loin d'une petite l'église. Elle s'occupa du petit jusqu'à l'âge de ses six tours de soleil. Puisqu'il était né un jour de tempête, elle l'avait appelé Arashi. Elle l'amena comme convenu au prêtre lorsque celui-ci eut atteint l'âge requis pour le début de son apprentissage. Le petit avait toujours cette étrange longue chevelure nuancée de noir et de brun. Il avait la peau légèrement mate. Les yeux sombres. La sage-femme informa le prêtre que celui-ci non seulement ne parlait pas, mais il n'exprimait étrangement aucune émotion. Il semblait cependant étonnamment intelligent. Arashi suivit docilement le prêtre sans verser une seule larme au départ de la femme qui s'était occupée de lui pendant les six tours de soleil. Le prêtre qui s'appelait Lenzy lui apprit beaucoup de choses : notamment comment se comporter, manger correctement en présence d'autres personnes. Bien qu'Arashi ne parlât toujours pas, il entendait très bien et semblait comprendre tout ce qu'il lui disait ou lui demandait. Il apprit néanmoins à écrire. Lenzy fut grandement étonné de voir que malgré l'absence de parole Arashi semblait comprendre sans difficulté les exercices et les exécutait avec facilité. Arashi semblait réserver et évitait les autres enfants du village voisin autant que possible. Il passait le plus clair de son temps, lorsqu'il n'avait pas de corvée à lire tous les livres que l'église possédait. Il y eut un incident une fois lorsque des enfants du village s'en étaient pris à lui. Celui-ci se laissa réprimander sans broncher, mais lorsque l'un d'eux eut l'idée d'en venir aux mains personne ne sut ce qu'il s'était réellement passé. On retrouva une surface de terre aussi grande qu'une charrette complètement brûlée et les enfants complètement paniqués ne purent jamais en expliquer la raison. Mais ils avaient dû se passer le mot parce que plus aucun enfant du village ne se risqua à faire quoi que ce soit à Arashi. Tous l'évitaient autant que possible. À son dixième tour de soleil, Arashi commença à vagabonder aux alentours au milieu de la forêt. Il traînait souvent avec des animaux en tout genre. Lenzy se demandait s'il n'avait d'ailleurs pas un don. Plusieurs fois il l'avait aperçu ou crut l'apercevoir avec des oiseaux sauvages dans les mains. Certains étaient tout de même des rapaces… Arashi avait compris qu'il pouvait donner sa force pour soigner tout animal qui pouvait voler dans le ciel. Il sauva ainsi bon nombre d'oiseaux en tout genre. Pourtant bien qu'il le fasse en toute discrétion, un jour alors qu'il avait soigné un autre rapace et qu'il s'apprêtait à le relâcher il n'aperçut pas et n'entendit pas un groupe de cavaliers qui s'étaient arrêtés non loin de lui pour l'observer. L'homme de tête qui semblait être le chef fit arrêter sa monture et observa longuement Arashi. Celui-ci après quelques secondes d'hésitations et de surprise relâcha le rapace et disparu tout bonnement à travers la forêt en courant. Le cavalier émit un sourire et continua tranquillement sa route au pas. Il s'arrêta un peu plus loin devant l'église et descendit de cheval. Ses hommes attendirent en restant sur leurs montures.

Lenzy qui les avait entendus venir vint rapidement à leur rencontre.

— Serve ! Enfin te voilà ! dit Lenzy en lui faisant une accolade amicale.

— Lenzy ! Tu as l'air de bien te porter répondit celui-ci en répondant gentiment à son accolade.

Cela faisait des jours que Lenzy lui avait envoyé un message et qu'il attendait une réponse. D'habitude, cela ne prenait pas autant de temps. Il devait forcément se passer quelque chose. C'était de mauvais augure.

— J'ai eu ton message il n'y a pas très longtemps, s'excusa Serve. Ils entrèrent tous deux dans la maisonnette construite non loin de l'église.

Serve s'assit à la table pendant que Lenzy prit deux gobelets et servit quelque chose de chaud.

— Il commence à y avoir du grabuge ? s'inquiéta Lenzy.

— On ne peut rien te cacher. Apparemment, il y a des rumeurs qui courent au-delà des montagnes. Une guerre semble se préparer. Cela est parvenu aux oreilles de l'empereur et celui-ci m'a envoyé en mission de reconnaissance. Il y aurait certains villages qui auraient aperçu un groupe de mercenaires, d'autres auraient vu un groupe de cavaliers noirs. Nous avons sillonné les zones concernées pendant des lunes sans succès.

— S'ils ne veulent pas que nous les rencontrions, ils resteront discrets.

— Je sais. Mais je dois obéir aux ordres de l'empereur. Le peuple commence à s'agiter. Dis-moi, j'ai aperçu un petit garçon dans les bois tout à l'heure ne me dit pas que…

— Si c'est bien lui. Il se nomme Arashi. Je voudrais que tu prennes soin de lui et que tu lui apprennes ce qu'il doit savoir jusqu'à ce que son peuple vienne le chercher.

— Alors les rumeurs sont vraies.

— Je le crains. Arashi ne parle pas. On ne sait pas pourquoi, mais il est très intelligent. Inutile de te confirmer qu'il appartient sans doute au peuple par-delà les montagnes. Quant à savoir pourquoi il a atterri ici, nul ne le sait. Sa mère était une femme de chez nous. Elle est morte des suites de couches.

— Je vois. Il appartient donc aux peuples des dragons. Il sera difficile d'être totalement discret avec sa chevelure et son teint légèrement mat. Comment se fait-il qu'une femme de chez nous ait engendré un fils de chez eux ? Je croyais que ce peuple ne voulait rien avoir à faire avec nous depuis la défaite de l'ancien régime.

Serve avait lu la véritable histoire lors de son apprentissage, leur peuple, du moins l'ancien empereur avait trahi le peuple des dragons. Il s'en était fallu de peu que leur terre et leur famille ne fussent totalement détruites en représailles. Le nouveau représentant du peuple des dragons avait été plutôt clément.

— Je n'en ai aucune idée. La seule chose à laquelle je puis me référer ce sont les écrits sacrés. L'un d'eux prévoit effectivement une guerre prochaine. Il est dit que nous aurions une deuxième chance en élevant le chevalier du ciel, bien que je ne sache pas trop à quoi ils peuvent faire référence. Tout ce que je sais c'est que certaines légendes parlent souvent du peuple des dragons. Qu'on le veuille ou non, nous sommes d'une certaine façon liées à eux et eux à nous. Ce peuple pourrait combattre à dos de dragon. Quant à savoir ce qui est vrai ou pas… J'ai donc pris en charge ce petit et te demande de faire de même et de le protéger jusqu'à ce qu'il soit en âge de combattre seul et que ce peuple vienne finalement le chercher. Parce qu'ils viendront, soit en sûr.

— Je ne vois qu'une solution, d'alterner moi et mon frère son éducation. Nous avons acheté une ferme un peu à l'écart du château. Ainsi il restera à l'écart du peuple et de l'empereur. Je pourrais continuer mes missions pour l'empereur tout en continuant à l'entrainer discrètement.

— Attendez-vous à ce qu'un jour il disparaisse. Ils viendront le chercher, ça, c'est sûr, mais sans vouloir vous rencontrer personnellement ni vous combattre.

— J'ai lu entièrement vos parchemins sacrés, rappela Serve. Ils parlaient effectivement d'une deuxième chance. Mais j'étais loin de penser qu'il s'agirait d'élever un de leurs rejetons !

— Dans ce cas, je n'ai plus de soucis à me faire, dit le prêtre en se levant.

Serve se leva également et le suivit. Ils sortirent rejoindre le groupe d'hommes.

Serve grimpa sur sa monture et attendit.

— Tu peux sortir Arashi, cria Lenzy qui se doutait que le jeune garçon était resté caché non loin. Ce sont des amis à moi. Tu n'as rien à craindre.

Le jeune garçon apparut lentement et se mit au côté du prêtre. Celui-ci lui prit les épaules et l'obligea à le regarder.

— Écoute petit, dorénavant c'est mon ami Serve qui va prendre soin de toi. Il t'enseignera ce que tu dois savoir pour devenir un homme. Apprends et soit courageux. Moi je n'ai plus rien à t'apprendre ici. Tu peux lui faire entièrement confiance. Nous ne nous reverrons sans doute pas. Mais sache que je ne t'oublierais jamais. Sois fort Arashi. Maintenant, va !

Lenzy le relâcha et Arashi se dirigea vers Serve qui l'aida à grimper à l'arrière de son cheval. Celui-ci partit au pas. Le prêtre les regarda partir et eut une larme aux yeux, lorsqu'Arashi retourna la tête, ne le quittant pas des yeux jusqu'à ce qu'ils disparaissent de sa vue.

Serve conduisit sa troupe à sa nouvelle ferme. Avec son frère Enzy, ils apprirent à Arashi le maniement des armes et comment mener une bataille. Ils lui apprirent également à monter à cheval. Bien qu'il ne parlait toujours pas, il se montra fort doué en tant que tacticien. Ils s'étaient taillé des pions en bois et créaient plusieurs batailles sur une carte. Arashi semblait toujours trouver la meilleure des solutions qui permettait à la fois limiter le nombre de pertes et la plupart du temps remporter la victoire. Serve lui ramenait de temps en temps des livres racontant des anciennes batailles. Son frère lui apprit le maniement de l'arc et à se débrouiller seul en pleine nature bien que celui-ci montrait qu'il avait déjà des acquis dans ce domaine. Arashi qui commençait à atteindre ses dix-huit tours de soleils, commençait à vadrouiller de plus en plus longtemps dans la forêt. Ses cheveux mi-longs avaient toujours cette nuance de noirs et de brun. Sa peau était toujours un peu mate. Il avait compris qu'il fallait qu'il évite autant que possible de voir du monde. Il mettait la plupart du temps une grande capuche sur sa tête lui cachant ses cheveux. Il savait, dorénavant subvenir entièrement seul à ses besoins. Pourtant il ne parlait toujours pas. Il avait bien essayé, mais quelque chose semblait l'en empêcher. Il s'était résigné. Il avait compris dès son plus jeune âge qu'il était différent des autres. Le prêtre lui avait raconté sa naissance. Sa mère était morte et la seule chose qu'il avait d'elle était cet étrange pendentif. Un cercle avec une sorte de dragons en reliefs au centre. Un dragon avec une pierre couleur feu en son centre. Il n'avait aucune idée de ce que cela pouvait signifier. Il avait quitté la ferme depuis quelques lunes déjà. Bien qu'il fasse encore frais, les beaux jours ne tarderaient pas à arriver. Il aimait cette totale liberté. Sentir le vent frais lui caresser le visage. Depuis quelque temps pourtant il se sentait suivi. Il pouvait deviner au comportement de sa monture s'ils étaient proches ou plus ou moins loin. Le fait qu'il ne puisse pas parler lui avait fait développer ses sens d'observations. Là, il se tenait aux aguets. Le silence de la forêt pouvait en dire long sur ce qui pouvait arriver. Il restait là totalement immobile épiant le moindre son et scrutant avec attention les oreilles et le comportement de sa monture. Celle-ci bougea légèrement ses oreilles. Ils approchent se dit-il.

Il les entendit soudain arriver en pleins galops droits sur lui. Il sortit automatiquement son épée. Il fut rapidement encerclé. Ils semblaient hésiter dans la façon de passer à l'attaque. Leur comportement lui fit comprendre qu'ils le voulaient en vie. Son cheval taillé pour le combat se cabra et il réussit à faire une ouverture. Il partit automatiquement au triple galop. Arashi eut juste le temps de rengainer son épée. Elle ne lui servirait à rien dans une course effrénée. Il avait eu le temps de voir que ces hommes étaient sûrement des mercenaires. Lui avait l'avantage de connaître parfaitement les lieux et d'avoir une monture parfaitement fraîche. Il décida donc de les emmener vers la plaine afin de pouvoir les combattre en toute liberté.

Mais lorsqu'il arriva, il tomba sur un autre groupe de cavaliers totalement différent cette fois. Ils avaient des montures beaucoup plus grandes que d'ordinaire, étaient entièrement recouverts de noirs. On ne voyait que leurs yeux. Son cheval se cabra. Arashi se mit à faire demi-tour et fonça sur l'autre groupe de cavaliers qui arrivaient au galop droit sur lui. Dans la foulée sa capuche partit en arrière laissant à la vue des cavaliers étrangers son étrange chevelure. Il entendit des cris d'exclamations et un langage totalement inconnu. Il n'eut pas le temps de comprendre ce qu'il se passa par la suite. Son cheval s'écroula de tout son long et Arashi fut projeté violemment au sol bien plus loin. Lorsqu'il se releva, il entraperçut sa monture allongée sans blessures visibles. Il se releva aussitôt et tenta de fuir à travers le bois. Il entendit les deux groupes de cavaliers se livrer un combat acharné, il ne voulait pas s'attarder et encore moins leur demander des explications. Il sentit qu'il était suivi. Il choisit de prendre des chemins touffus gênant automatiquement les montures de ses poursuivants.

Lorsqu'il n'entendit plus aucun son, il comprit que c'était mauvais signe. Ils avaient dû rapidement venir à bout du premier groupe de cavaliers. Ils allaient certainement s'occuper de lui maintenant. Si le premier groupe le voulait en vie, ce n'était sans doute pas le cas du deuxième. Il n'avait rien pu lire avec leur visage totalement recouvert. Et de loin, il n'avait pas bien vu leurs yeux. Il s'apprêtait à courir lorsqu'il sentit un picotement à sa jambe droite. En regardant, il aperçut une petite fléchette plantée sur le bas de sa cuisse. Il réussit à l'enlever et s'apprêta à repartir, mais subitement ses jambes devinrent de plus en plus lourdes. Il s'écroula de tout son long après seulement quelques pas franchis. Il se mit à ramper derrière un arbre. Il dégaina sa petite épée et se prépara à recevoir ses adversaires. Il réussit cependant à s'appuyer contre un arbre. Il ne sentait déjà plus ses jambes. Les cavaliers noirs apparurent lentement de toutes parts sans leurs montures.

Il les tenait en joue avec sa modeste petite épée. Ils l'observèrent un moment et discutèrent dans une langue qui lui était totalement inconnue. L'un d'eux s'approcha doucement. Arashi l'accueillit avec sa modeste petite épée. L'homme lui parla un moment, cela semblait plutôt amical. Arashi ne comprenait toujours pas ce qu'il disait. Il ne pouvait pas lui répondre. Il se contentait de lui présenter son épée lui faisant comprendre que même si il était perdu il ne perdrait pas sans combattre. L'homme en noir recula finalement et s'adressa aux autres. Certains reculèrent aussitôt. Arashi commençait à se sentir mal et ne sentait plus rien en dessous de son bassin. Il entendit trop tard l'homme qui était derrière lui. Il sentit soudain qu'on le tenait par-derrière, on le désarma rapidement et avant qu'il ne puisse faire quoi que ce soit, il sentit qu'on lui appliquait un tissu humide sur la bouche et le nez. Il ne put résister longtemps à cette douce odeur légèrement sucrée. Il sombra instantanément dans le noir.

Il se réveilla difficilement. Il avait mal à la gorge. Il sentait qu'une bande entourait son cou. Il ne pouvait toujours pas bouger. Il était allongé dans un lit. Il entendait le crépitement d'un feu de cheminée non loin. Il ne se sentait pas très bien et avait des vertiges et des nausées lorsqu'il avait réussi à relever la tête. Il ne put que la reposer. Il sentit une présence. Et peu après un des hommes en noirs toujours recouverts entièrement apparus dans son champ de vision.

— Je sais que vous devez vous poser des tas de questions, dit celui-ci. Mais pour l'instant la seule chose que vous devez connaître avant de retomber dans le sommeil c'est que votre vie n'est pas en danger. Bien au contraire. Nous avons dû faire ce qui était nécessaire. Je m'excuse pour ce qui a été fait et ce qui va être fait. Mais nous n'avons pas le choix.

Arashi se sentit soudain fatigué, sa vue se troubla, il lutta quelques secondes avant de retomber dans les ténèbres. Il ne comprit pas ce qu'il se passa par la suite. Il sentait qu'on le transportait. Il vacillait entre semi-conscience et inconscience. Il sentait qu'on lui faisait souvent boire quelque chose. Il n'avait pas la force de résister. Il n'avait plus aucune force. Il ne pouvait rien faire d'autre que de subir. Il sentait parfois une douleur au cou, mais elle diminuait de plus en plus. Il avait perdu la notion du temps. La seule chose qu'il ressentait, c'était, par moment, lorsqu'on le transportait. Tout était vague. Il entendait parfois des voix qu'il ne comprenait pas. Parfois, il avait froid, parfois il avait chaud. De temps en temps, il sentait que quelqu'un l'auscultait. On lui refaisait boire ce liquide étrange. On lui changeait son pansement autour du cou. Il sentit parfois du froid, on le recouvrait, parfois du chaud. On le découvrait. On lui refaisait boire cette étrange boisson. Il se redormait peu après.

À un moment, il ne sentit plus rien.

2

Arashi se sentait bien. Il était confortablement allongé dans un lit recouvert d'une couverture soyeuse. Il n'avait ni trop chaud ni trop froid. Il entendait vaguement du mouvement autour de lui. Il ouvrit lentement les yeux. Un homme habillé étrangement lui prit le poignet droit d'une main et lui ausculta les yeux de l'autre. Arashi n'opposa aucune résistance. Il se demandait bien pourquoi ils ne l'avaient pas tué ? Les hommes en noirs avaient disparu. Il se retrouvait dans une chambre fort luxueuse à en juger par la somptueuse décoration dont elle était ornée. Il aperçut plusieurs personnes autour du lit. Deux autres hommes étaient habillés étrangement identiques à celui du premier. Ils avaient une sorte de tunique longue gris clair. Arashi pensa qu'il devait s'agir de soigneur. Mais pourquoi l'avaient-ils soigné ? Et que voulaient-ils de lui ? L'autre homme habillé fort élégamment de vêtements bleu foncé attendit que les soigneurs lui fassent signe avant de prendre la parole. Mais ce qui intrigua le plus Arashi c'est qu'ils avaient le même teint mat que lui et les mêmes couleurs de cheveux ! Cette fois il n'avait pas le visage recouvert d'un voile. Il pouvait voir son visage.

— Je vois que vous vous sentez mieux, dit-il en se rapprochant. Essayez de ne pas bouger pour l'instant. Vous êtes resté longtemps inconscient et votre corps ne le supporterait pas. Je m'appelle Enrich, c'est moi qui vais être votre mentor. Mais auparavant, je vais vous dévoiler ce que sans doute vous vouliez savoir de votre véritable histoire.

Arashi ne bougea pas. Il aperçut néanmoins les soigneurs qui prenaient place autour de lui. À leur regard, il comprit qu'ils se préparaient à quelque chose. Ils étaient prêts. Mais pourquoi ? Arashi décida d'attendre et de ne rien faire. Il lui semblait qu'au moindre faux pas ou mouvement il n'apprécierait certainement pas ce qu'ils s'apprêtaient à lui faire.

— Ce que je vais vous annoncer sera peut-être dur ou incroyable, mais c'est pourtant la vérité. Arashi, vous êtes différents du peuple qui vous a élevé. Vous appartenez en réalité au peuple légendaire des dragons. Notre roi est tombé amoureux d'une femme du peuple des humains. Il l'avait épousé. Mais elle a été enlevée et bien que nous sommes parties à sa recherche nous ne l'avons pas retrouvé à temps. Nous avons néanmoins appris qu'elle avait donné naissance à un fils du côté du monde des humains. Et certains de ces humains ont décidé de cacher cette enfant et de l'élever par plusieurs personnes en toute discrétion pour sa sécurité. Nous ne pouvions pas nous montrer à la vue de tous. Nous avons dû poursuivre nos recherches en toutes discrétions également. C'est seulement lorsque nous avons appris que des mercenaires avaient également été engagés pour vous capturer que nous avons pu retrouver votre trace et vous ramener sains et saufs.

Enrich attendit quelques secondes avant de reprendre.

— Il faut que vous sachiez. Nos enfants naissent sans pouvoir parler, c'est une sorte de défaut de notre peuple. Nous devons subir une petite opération par des soigneurs à l'âge de quatre soleils. Je m'excuse d'avance du comportement du groupe qui vous a retrouvé. Ils ont eu peur de vos réactions et ont agi ainsi. Vous avez été endormi tout le long du voyage. Il vous faudra certainement un certain temps pour retrouver la totalité de votre forme et de vos forces. Ils vous ont aussi fait opérer afin que vous puissiez enfin parler.

Arashi regardait cet homme qui avait les cheveux noirs et le regard sombre. Intérieurement, il savait qu'il lui disait la vérité. Il n'avait pas essayé de bouger il se contentait d'écouter cet homme en le suivant des yeux. Il semblait plus vieux de dix soleils par rapport à lui. Il avait l'allure d'un combattant. Sûrement d'un chef haut placé d'après son apparence et sa posture. Arashi n'était pas attaché, et cette chambre n'était pas une prison. Il ne semblait pas être leur prisonnier, du moins en apparence. Les soigneurs semblaient toujours attendre. Quoi qu'il fasse, il comprit qu'il n'aurait aucune chance de toute façon de leur échapper. Ces soigneurs devaient attendre la moindre occasion pour le maîtriser d'une façon ou d'une autre. Il ne connaissait rien de ce peuple. Il décida donc de ne rien faire. Il continua d'écouter Enrich tout en gardant un œil aux soigneurs.

— Vous êtes le fils de notre roi. J'ai été mandaté pour vous guider dans vos nouvelles fonctions, dans vos apprentissages dès que vous irez mieux. Je suis également le maître d'armes de l'empire des dragons. Le bras droit de votre père que vous rencontrerez très bientôt, je pense.

Un long silence s'ensuivit. Enrich observait Arashi. Les soigneurs attendaient toujours impassibles.

— Mon… père… réussit à dire Arashi s'étonnant lui-même d'avoir prononcé ces mots instinctivement. Il n'avait plus de mère et pensait depuis longtemps de plus n'avoir aucune famille.

— Oui, répéta Enrich visiblement rassuré. Il fit signe aux soigneurs qu'ils pouvaient sortir. Ils disparurent rapidement. Je vois que l'opération a bien fonctionné. Ce ne sera pas évident au départ, mais vous vous y habituerez.

Arashi baissa la tête.

— Vous… aviez peur… que je ne supporte pas les… informations.

— Vous avez été élevé par les humains. Ils peuvent être fort étranges parfois et leurs comportements peuvent être imprévisibles.

— Je… comprends, dit Arashi. Il pouvait enfin parler ! Cela ne lui faisait pas mal du tout. Juste un peu bizarre d'entendre sa propre voix.

— Je vais vous laisser vous reposer maintenant, fit Enrich. Je repasserais plus tard.

Arashi se retrouva seul dans cette grande chambre. Son lit était immense. La décoration lui plaisait beaucoup. Des peintures de combat ornaient les murs. Il les regarda un moment en tournant simplement la tête. Il n'osait pas trop bouger pour le moment de peur d'avoir encore des vertiges. Les peintures représentaient des combats de cavaliers sur des dragons. D'étranges jets de lumière semblaient jaillir de l'un d'eux. Ce qui l'interpella c'est qu'ils étaient totalement habillés en noirs. On ne voyait que leurs yeux. Arashi tenta de lever la tête. Il ne constata aucun vertige. Il essaya donc de se relever un peu. Il ne réussit qu'à s'asseoir difficilement. Il ne pourrait certainement pas se mettre debout comme l'avait annoncé Enrich. Il aperçut alors des livres posés sur le côté du lit, sur la petite table. Il les prit et les feuilleta. Il choisit l'un d'eux et commença à le lire se demandant comment il pouvait bien comprendre ce langage et cette écriture nouvelle. Le livre racontait l'histoire du peuple des dragons. Celui-ci vivait bien au Nord par-delà les montagnes. Ils avaient un roi et non un empereur comme chez les humains. Le roi vivait dans un immense château au centre de celui-ci. Et tous ceux qui le servaient vivaient aux alentours dans une vaste ville cernée par de hauts remparts. C'était la cité des dragons. La cité dont parlaient les ouvrages qu'il avait pu lire autrefois chez le père Lenzy. Ils n'avaient en rien exagéré les choses concernant la grandeur et la beauté de celle-ci.

Arashi comprit soudain pourquoi tout était aussi large. Ils vivaient avec des dragons ! Ils les utilisaient comme montures de combat ou de transport. Des dragons ! Ils semblaient en avoir de toutes les tailles. Des volants et des non volants. Ils avaient aussi de fortes montures comme il avait pu en apercevoir avant de se faire capturer. Les dragons pouvaient avoir plusieurs couleurs. Du gris au noir. Mais l'un d'eux le seul et unique, leur chef avait la couleur feu. Arashi pensa soudain à son pendentif. Il mit aussitôt sa main autour de son cou et constata avec joie que celui-ci était toujours là. S'il l'avait opéré du cou, ils devaient certainement l'avoir vu ! Il se promit de poser la question à cet Enrich concernant ce médaillon et sur ce qu'il signifiait. Il continua la lecture. Tous les milles soleils l'empire de l'ombre, située encore plus loin que l'empire des dragons se mettait en guerre contre tous les peuples. Et l'empire des dragons était bien souvent en première ligne. Celui-ci faisait barrage à l'invasion. La dernière bataille avait pris une autre tournure, car l'empire de l'ombre avait réussi à corrompre plusieurs peuples et les avait utilisés pour combattre l'empire des dragons sur tous les fronts. De plus l'empereur de l'époque avait décidé de trahir l'empire des dragons et les humains avaient bien failli être totalement détruits. Ils n'avaient eu la vie sauve que par l'intervention d'un prêtre. Celui-ci fit la promesse qu'un jour, les humains effaceraient cette trahison. L'empereur de l'époque avait tout bonnement été tué par l'un des meilleurs guerriers de l'empire des dragons en représailles.

Plusieurs empereurs avaient ensuite succédé et chaque peuple vivaient de son côté depuis. Arashi se souvient avoir lu une chose similaire dans les anciens écrits que le prêtre Lenzy possédait. Il ne pouvait s'agir d'une simple coïncidence. Même si certains humains pensaient actuellement que tout cela n'était une légende. Et si lui était réellement le fils du roi de l'empire des dragons, sa mère n'en était pas moins humaine. Cela devrait certainement poser des problèmes. Aussi bien pour les humains que pour le peuple des dragons. Il aurait certainement des réfractaires voire même des ennemis. D'autant plus qu'Arashi ne savait pas ce que lui voulaient les mercenaires ni qui les avait payés et encore moins le commanditaire. S'ils le voulaient vivant, c'était certainement pour faire pression au roi. Dans ce cas-là, sa vie serait certainement en danger. Heureusement que Serve et son frère lui avaient appris à se battre. Cela lui servirait certainement. Mais il se retrouvait dans un lieu totalement inconnu avec des inconnus. Il allait devoir faire extrêmement attention. Son seul soutien serait certainement cet Enrich et le roi. Il continua de feuilleter le livre et se mit à bâiller sans s'en rendre compte. Au bout d'un moment, il se rallongea et se rendormit. Il fut réveillé quelques heures plus tard en entendant quelqu'un entrer dans la chambre. Il fut rassuré de voir Enrich avec un plateau-repas.

— Vos sens sont bien aiguisés, dit-il. Ce n'est que moi. Rassurez-vous, votre chambre est surveillée de près tant que vous n'êtes pas encore entièrement rétabli. J'y veille personnellement. Il déposa le plateau sur le côté et aida Arashi à s'asseoir. Puis il prit le plateau et le déposa sur les genoux d'Arashi.

— Vous devez manger pour reprendre des forces. La nourriture est différente de celle des humains, mais en général, ils la trouvent excellente sans vouloir nous vanter.

— Merci, dit simplement Arashi en commençant à manger tranquillement et jetant de temps en temps un œil à Enrich.

Il appréciait cet homme qui lui inspirait la confiance. Un homme de valeur très certainement. La nourriture était chaude et succulente. La viande était même fondante et fort bien assaisonnée.

— Je vois que vous avez commencé à lire un des livres que je vous ai apporté, continua Enrich en voyant l'un des livres posés sur le lit.

— Oui, répondit Arashi entre deux bouchés.

Il appréciait grandement cette nourriture légèrement épicée.

— J'ai appris beaucoup de choses sur le peuple des dragons. Bien que les humains semblent avoir légèrement exagéré certains détails. Votre peuple semble vivre paisiblement.

— C'est aussi votre peuple maintenant. Je vous le rappelle.

— Je pense que dans les deux cas, certains ne pensent pas comme vous, bien que ce qui s'est passé remonte à plusieurs soleils.

— Vous avez entièrement raison, soupira Enrich. Je vois que ces humains vous ont bien éduqué finalement. Vous avez déjà compris les grandes lignes de votre situation sans que je n'aie eu besoin de le faire.

— Il y a deux choses que je ne comprends pas. Pourquoi votre roi a-t-il fécondé une humaine après tout ce qui s'est passé lors de la dernière Grande Guerre et que me voulaient ces mercenaires ?

— Notre roi a été promu roi alors qu'il n'avait qu'une vingtaine de soleils. Il est tombé amoureux d'une jeune humaine qui faisait partie d'un groupe de marchands qui s'était égaré. Elle est restée avec lui et ils se sont mariés malgré les protestations de beaucoup. On a appris un peu plus tard qu'elle attendait un enfant. Mais avant qu'elle ne puisse le mettre au monde, elle a été enlevée par un groupe inconnu de mercenaires. Nous pensions qu'elle était morte dans la montagne avec ses ravisseurs. Nous n'avons retrouvé sa trace que bien plus tard au-delà des montagnes. C'est là que nous avons appris votre naissance, mais aussi sa mort. Le roi m'a personnellement chargé de vous retrouver. Pour avoir plus de chance, on s'est séparé en plusieurs groupes. Le mien fut conduit par erreur sur une autre piste. C'est un autre groupe qui vous a retrouvé et capturé. Vous connaissez la suite. Nous devions rester discrets. Concernant les mercenaires, ils ont soit été achetés par l'empire des ombres soit par certains réfractaires du palais ici même.

— Et maintenant ? Que suis-je censé faire ?

— Vous êtes le fils de notre roi. Son héritier quoi qu'en disent certains. De plus, vous êtes tout ce qui reste de son ancien amour.

— Alors les rumeurs disant qu'une prochaine guerre se prépare sont vraies ?

— L'empire des Ombres, se prépare d'après les renseignements de certains de nos agents. Ils commencent à former des troupes et des soldats. Je crains que cela soit pour bientôt. Nous avons failli perde la précédente guerre. Nous ne pouvons pas nous permettre de perdre celle-ci. Tous les autres peuples dépendent de notre victoire ou non.

— Et moi dans tout ça ?

— Bientôt vous saurez à quoi vous en tenir pour aujourd'hui ce sera tout.

Enrich reprit le plateau vide.

— Vous devez vous reposer. Pour l'instant, mon rôle consiste à vous transmettre toutes informations utiles pour que vous soyez prêt. Ensuite comme je vous l'ai dit, je serais votre mentor. C'est à moi qu'incombe la tâche de vous former au combat. Un soigneur viendra vous voir avant la nuit. Je vous demanderais d'être conciliant avec lui et d'avaler tous les remèdes qu'il vous demandera de prendre.

Il sortit sans attendre la réponse. Arashi reprit les livres et soupira. Il n'était pas prisonnier. En apparence du moins. Il continua de lire tranquillement. Il commençait à pouvoir bouger ses doigts de pieds ce qui était plutôt bon signe. Bientôt il espérait pouvoir enfin se lever. Il avait hâte de visiter les lieux. Les humains avaient peur de l'empire des dragons. Ils avaient surtout peur des dragons. Peur de se faire dévorer comme ce fut le cas lors de l'ancienne bataille en représailles pour les avoir trahis. Bien que beaucoup pensent que cela était une légende, la peur était restée ancrée. Arashi espérait bien en apercevoir lui aussi. Lorsqu'il vivait chez le capitaine Serve, il se promenait souvent seul dans la forêt observant et soignant certains animaux sauvages. Il avait même côtoyé des animaux réputés dangereux sans problème. Il ressentait lorsqu'il pouvait les approcher sans crainte et devinerait la façon de les aborder. C'était sans doute un don.

Plus tard dans la soirée, un des soigneurs apparut. Il salua Arashi qui répondit à son salut de la tête. Ce qui sembla rassurer celui-ci. Il s'excusa, lui inspecta longuement les yeux et lui donna une préparation à boire. Arashi la gouta et la trouva agréable. Il la finit sans hésiter. Le soigneur le remercia et repartit sans dire un mot. Arashi continua un peu de lire et s'endormit plus tard.

Il se réveilla le lendemain matin. Il se sentait beaucoup mieux. Le soleil venait à peine de se lever. Il commença par bouger ses doigts de pieds et comme ceux-ci répondaient plutôt bien, il continua sur sa lancée en bougeant ses pieds, ses jambes. Il repoussa la couverture et mit un pied à terre. Il attendit que les vertiges disparaissent complètement pour poser le deuxième pied. Les vertiges diminuant il se mit debout en se tenant fermement au lit. Il commença à se déplacer lentement jusqu'à la fenêtre sans trop faire de mouvement brusque. Il aperçut une vaste cour. Mais ce qu'il le frappa le plus c'était les diverses grandes ombres qui se déplaçaient entre le sol et le ciel. Surtout lorsque l'une d'elles se rapprocha et qu'il put apercevoir la silhouette bien définie d'un dragon et de son cavalier. Le dragon semblait énorme. Ils semblaient s'entraîner. Il fut tellement fasciné par le spectacle qu'il n'entendit pas un des soigneurs entrer dans la chambre. Celui-ci ne voyant pas Arashi dans son lit et l'apercevant debout devant la fenêtre poussa un cri aigu qui le fit sursauter et lui fit perdre l'équilibre. Arashi s'écroula à terre. Plusieurs soigneurs apparurent rapidement et se précipitèrent pour l'aider à regagner son lit. Arashi se laissa transporter totalement surpris. Enrich apparut aussitôt peu après en entrant précipitamment dans la chambre.

— Je suis désolé de vous avoir fait peur, s'excusa Arashi auprès des soigneurs qui le regardèrent visiblement étonner.

— Non, c'est moi qui m'excuse d'avoir crié, dit l'un d'eux en baissant la tête. Vous ne seriez pas tombé autrement.

— Ce n'est pas grave, nous avons tous les deux été surpris. Je n'ai rien de cassé. Tout va bien.

Les soigneurs l'observèrent tous visiblement surpris. Celui-ci qui avait la tête baissée la releva et observa Arashi un bon moment.

— Ce n'est pas grave, continua Arashi, j'ai seulement été surpris tout comme vous, je pense. Je n'ai pas l'habitude de rester cloué au lit aussi longtemps. Je suis un mauvais patient. Je suis désolé.

Le soigneur eut les larmes aux yeux et le remercia avant de sortir avec les autres. Arashi posa un regard interrogateur à Enrich.

— Beaucoup de soigneurs n'ont pas confiance aux humains. Certains avaient été tués lors de la dernière bataille. Ils pensaient que vous étiez comme eux. Ce que vous avez fait leur a prouvé le contraire. Vous venez de vous faire vos premiers alliés Arashi. Ceci dit vous ne devriez pas vous lever tout seul. Votre corps est encore trop faible. Vous leur avez fait vraiment peur. Surtout au petit nouveau qui est beaucoup plus sensible que les autres. Si vous le désirez, je peux demander qu'il ne puisse plus s'occuper de vous.

— Non ! Bien au contraire. Sa réaction me plaît beaucoup. C'est une réaction spontanée et honnête.

— Vous m'étonnez vraiment, Arashi.

— J'aimerais bien avoir comment vous avez connu mon nom. Je ne me souviens pas vous l'avoir donné.

— J'ai rencontré Lenzy.

Arashi observa longuement Enrich.

— Oui, nous avons pu parler pendant que mon deuxième groupe vous avait capturé. Je comprends maintenant vos réactions. Ce prêtre vous a élevé pendant un bon moment.

— Attendez, vous avez pu parler avec Lenzy ? Mais il connaît votre langage ? Comment est-ce possible ?

— Nos soigneurs qui sont aussi herboristes pour la plupart ont réussi à concocter une sorte de potion qui permet de comprendre notre langue sans jamais l'avoir appris. Inutile de vous dire que très peu de personnes peuvent bénéficier de cette potion. Il en existe deux sortes. Une temporaire et une permanente. Évidemment vous, vous avez eu la permanente.

— Quel est le nom de ce soigneur à qui j'ai fait une peur bleue ?

— Lenir. C'est un excellent soigneur, un peu jeune et très émotif, mais très brillant. Il a réussi plus vite que les autres dans ces apprentissages.

— Lenir, répéta Arashi pensif.

— Je vais vous laisser manger tranquillement, dit Enrich en s'apprêtant à sortir et laissant la place à Lenir qui arrivait avec un plateau-repas et divers remèdes.

Il déposa le tout près du lit d'Arashi et lui donna son repas tandis qu'il préparait diverses potions.

— Merci Lenir, dit Arashi en l'observant.

Celui-ci sursauta un instant et le regarda également.

— Je suis là pour ça, répondit finalement Lenir en lui tendant une tasse de potion.

Arashi la prit et la but tranquillement. Lenir attendit qu'il finisse de manger et débarrassa le plateau et disparut rapidement.

Arashi tenta de se mettre debout le lendemain, mais fit attention de se remettre au lit à l'arrivée de Lenir. Curieusement, il fut le seul soigneur qu'il aperçut dans les jours qui suivirent. Il se douta qu'Enrich y fut pour quelque chose. Il se passa plusieurs jours ainsi. Arashi gagnait de plus en plus de force et pouvait se déplacer dans la chambre. Il commença par faire des petits exercices pour se remuscler. Ils le trouvaient régulièrement debout malgré les protestations d'Enrich et le Lenir. Celui-ci cessa finalement de le sermonner. Ils lui apportèrent un fauteuil confortable lui recommandant au moins de se tenir tranquille.

Arashi regardait tous les jours par la fenêtre pour voir l'envol des dragons. Cela le fascinait de plus en plus. Même s'il les voyait de loin. Il se demandait si un jour il pouvait en chevaucher un et voler aussi haut, comme les chevaliers dragon de la cité. Il se demandait quelles étaient les sensations qu'ils pouvaient ressentir. Si cela était semblable à celles lorsqu'il était en plein galop ce devait être fantastique. Il n'osait pas demander à Enrich quoi que ce soit sur les dragons. Il se sentait de mieux en mieux et commençait finalement à tourner en rond dans cette chambre.

3

Le lendemain matin, Arashi fut grandement étonné de voir Lenir et plusieurs autres personnes apparaître avec une pile de vêtements qu'ils rangèrent aussitôt dans un meuble prévu à cet effet.

— Seigneur Enrich nous a demandé de vous aider à vous préparer. Maintenant que vous pouvez vous lever.

Il déposa également son repas sur la petite table. Ils avaient prévu de l'aider à se toiletter dans la petite pièce d'à côté réservée à cet effet. Ce fut un Arashi complètement confus et rougissant qui dut repousser tous les soigneurs en dehors de la pièce. Alors qu'il attendait qu'ils sortent pour se laver tranquillement, eux avaient décidé de l'aider lorsqu'il avait voulu prendre un bain pour se laver. Il leur avait fallu un sacré bout de temps en négociation pour qu'il puisse se laver enfin seul. Ce fut Lenir qui resta, mais uniquement dans la pièce d'à côté épiant le moindre bruit suspect prêt à intervenir et à appeler les autres restés dans le couloir.

Enrich lui apporta de nombreux livres et document lui permettant d'en apprendre plus sur le fonctionnement de la cité. Il lui demanda même son avis sur certaines situations.

Arashi observait souvent le ciel à la recherche de ses grandes ombres. Un soir, il prit une décision. Il devait demander à Enrich s'il pouvait enfin sortir de cette chambre. Il voulait voir le peuple des dragons. Il voulait voir et rencontrer ces fameux dragons. Oui demain il demanderait à Enrich de sortir.

Lenir vint ce matin-là et dit à Arashi avant de sortir.

— Ce matin, Enrich m'a demandé de vous tenir prêt. Il va vous emmener visiter les lieux.

Arashi mangea rapidement et prit des vêtements propres. Il se dirigea vers la petite salle attenante à sa chambre réservée aux ablutions. Il se souvient la première fois lorsqu'un des soigneurs voulait l'aider à se laver. Arashi était devenu rouge et lui avait demandé gentiment de sortir. Celui-ci avait obéi bien que visiblement vexé. Mais ils étaient revenus à plusieurs ensuite… Ils avaient enfin compris qu'il préférait se toiletter seul.

Il était en train d'ajuster ses nouveaux vêtements lorsqu'Enrich apparut sur le seuil de la porte.

— Je vois que vous êtes enfin prêt. Allons-y, dit-il en se retournant.

Arashi le suivit dans le couloir. Celui-ci était aussi bien décoré que sa chambre. Des peintures à n'en plus finir. Sur les côtés des grandes fenêtres de grands panneaux de rideaux richement décorées également.

— Vous êtes ici dans les quartiers du palais, lui expliqua Enrich.

Arashi aperçut quelques personnes. Des gardes et des serviteurs sans aucun doute. Il reconnut l'un des soigneurs qui passaient par là. Il le salua de la tête. Celui-ci lui répondit, visiblement fier, qu'il l'ait reconnu.

Arashi suivit Enrich à travers les couloirs ils descendirent divers escaliers et atterrirent dans une vaste cour. Là deux grandes montures somptueusement harnachées semblaient les attendre. Enrich lui présenta la sienne. Elle était noire. Arashi comprit à son regard que celle-ci allait certainement le tester. Enrich monta sur l'autre monture qui devait certainement déjà le connaître. Arashi monta sur la sienne qui voulut immédiatement partir, mais il la retient fermement. Lorsqu'elle arrêta de lutter, il la flatta sur l'encolure. Elle tourna la tête comme si elle voulait le regarder dans les yeux. Arashi relâcha les rênes pour lui montrer qu'il voulait lui faire confiance.

— Il s'appelle Khan, un peu têtu et espiègle, mais c'est la meilleure monture du palais. S'il vous a accepté alors elle ne sera montée que par vous et vous serez lié pour la vie.

— Lié ? demanda Arashi qui fit avancer Kahn voyant qu'Enrich avait déjà mis sa monture au pas.

— Oui, vous verrez il n'y a pas qu'avec nos chevaux que nous pouvons être liés. Ils sont différents des chevaux des humains pour la simple et bonne raison qu'ils doivent accepter de vivre avec nos dragons. Lors d'une bataille, il est important que nos montures ne sautent pas en l'air lorsque les dragons survolent le ciel ou passent à l'attaque.

— Ça fait un sacré avantage tactique contre les humains, dit finalement Arashi.

— Nous essayons de ne pas profiter de notre avantage. Nous les utilisons qu'en cas d'extrême urgence ou lorsque nous n'avons pas le choix. Il est bien évident que nous ne lancerons aucune attaque avec des dragons contre un peuple qui n'en a pas. Mes hommes sont d'ailleurs venus vous chercher avec nos chevaux. Il aurait été pourtant plus facile et plus rapide si nous avions utilisé nos dragons.

— J'imagine très bien la panique chez les humains en voyants vos dragons arrivés par le ciel.

— Ce serait une déclaration de guerre auprès de votre empereur. Ce n'est pas ce que nous voulons. Et puis, nous ne prenons pas de décisions seuls, d'autres peuples que vous connaîtrez plus tard prennent des décisions avec le roi. Nous pouvons perdre nos dragons à tout instant si nous nous mettons à faire n'importe quoi. Nous avons un domaine assez vaste à gérer qui pourrait susciter toutes les convoitises. Et la reine des dragons peut très bien choisir un autre peuple que nous. Votre domaine est vaste.

— Mon domaine ?

— Vous êtes le fils du roi, ne l'oubliez pas et en tant que tel tout ceci sera à vous lorsqu'il ne sera plus. C'est sa volonté. C'est vous qui prendrez ensuite les décisions qui conviennent pour votre peuple.

— Je ne suis pas sûr d'être prêt pour ça, et d'ailleurs je doute que les réfractaires non plus…

— À vous de convaincre le maximum de réfractaires. Venez ! dit-il en prenant une autre route.

Arashi observa les alentours. Le palais du roi était situé au centre de la cité. Il y avait des remparts assez larges qui en faisaient le tour. Il avait quatre accès pour atteindre celui-ci. Ensuite se trouvait toute la ville avec ses casernes, ses terrains d'entraînement, de vastes cours. La cité était elle-même entourée de vastes remparts. Arashi en déduisit que les dragons devaient pouvoir non seulement atterrir, mais aussi pouvait se déplacer sur et à l'intérieur de la cité et du palais s'il fallait. Il aperçut beaucoup de personnes en contrebas. Certains habillés en noir, qui semblaient s'entraîner, d'autres en couleur bleu un peu plus clair que ses propres vêtements aucun n'avait le visage couvert.

— Pourquoi ici personne n'a le visage couvert, comme lorsque j'ai rencontré vos hommes pour la première fois.

Enrich arrêta sa monture et attendit qu'Arashi soit au même niveau que lui.

— Nous nous couvrons le visage lorsque nous partons en mission ou en guerre. Si nous montrons notre visage, cela veut dire que c'est la dernière chose que l'ennemi verra avant de passer dans l'autre monde. Nous le découvrons seulement dans notre cité entre nous, ou exceptionnellement à de rares occasions.

— Je vois, fit Arashi qui remit son cheval au pas en même temps que celui d'Enrich.

Ils traversèrent le premier rempart et se dirigèrent vers le dernier. Arashi pouvait tout voir d'en haut. Il sentait bien que beaucoup de personnes l'observaient de loin avec curiosité.

— Tout le monde sait qui vous êtes. Certains sont impatients de vous connaître d'autres sont plus réservés.

— Où est mon père ?

— Il est parti en mission de reconnaissance. Chez nous même, le souverain prend part aux batailles. Il est censé montrer l'exemple. Pas comme l'empereur des humains qui gère tout à distance.

— Je préfère moi aussi prendre part à la bataille, dit Arashi. Je ne me verrais pas lancer des hommes combattre sans moi-même y participer.

— C'est une bonne chose.

Ils firent le tour de la cité, ce qui prit plusieurs heures à cheval au pas. Enrich s'arrêtant de temps en temps pour expliquer à Arashi certains endroits et à quoi ils servaient. Arashi aperçut des villages et des champs par-delà les remparts une vaste forêt au loin et encore plus loin il reconnut des montagnes. Plus au Nord le ciel était gris, alors que là où ils étaient, il était totalement bleu.

— L'empire des ombres, lui confirma Enrich comme s'il avait compris la question. Il semble grandir de jour en jour.

Ils firent un peu de trot et se dirigèrent vers l'opposé du palais. Arashi commençait à apercevoir les silhouettes des dragons au loin, son cœur commençait à s'emballer, et il espérait bien qu'ils allaient s'en approcher. Il fut soulagé et impatient de se rapprocher encore plus près lorsqu'il comprit qu'Enrich se dirigeait effectivement droit sur la piste d'entrainement aux dragons. Ils restèrent néanmoins un peu à l'écart. Arashi n'en perdait pas une miette ce qui amusa fortement Enrich. Mais ce qu'il l'étonna c'était d'en voir certains tourner la tête dans leur direction. Ce n'était certainement pas pour observer Enrich, mais bien Arashi.

Certains dragons s'entraînaient à s'envoler et à atterrir avec leur cavalier. D'autres aux combats. Ils étaient tous plus ou moins de grandes tailles et d'une couleur sombre allant du gris au noir. Mais ce qui intéressa le plus Arashi c'était qu'ils étaient tous différents. Tant par l'envergure de leurs ailes que par leurs pattes. Certains possédaient des griffes d'autres non. Leurs têtes étaient également différentes. Certains avaient comme de grands becs d'oiseaux d'autres une sorte de museau. Mais leurs dents semblaient terrifiantes. Arashi était tellement fasciné qu'il sursauta lorsqu'un des dragons apparut devant eux et se posa non loin d'Enrich. Il dut retenir sa monture qui elle avait bien évidemment ressenti sa peur et ne comprenait pas pourquoi. Le dragon était d'un gris ni trop clair ni trop foncé, avec de grandes pattes munies de grandes griffes, un grand museau et une longue queue avec des piques.

— Doucement, Darm, fit Enrich en le caressant sur le museau.

— C'est votre dragon ? demanda Arashi complètement médusé.

— En effet, c'est avec lui que je combats dans les airs.

— Il… est… magnifique ! s'exclama Arashi complètement sous le charme.

Darm l'observa avec ses grands yeux. Il sentit Arashi avant d'étirer son cou et de lui présenter son nez. Celui-ci leva sa main à plat et la positionna devant le nez du dragon afin qu'il puisse sentir son odeur et qu'il comprenne qu'il ne lui voulait aucun mal.

Enrich faillit hurler, mais se retient finalement. Normalement, aucun dragon ayant déjà un maître ne se laissait toucher par un autre sans être dévoré. Encore moins par une personne totalement étrangère à la cité ou venant d'arriver. Bien que cela se sache dans toute la cité, cela arrivait encore parfois.

Enrich ne comprenait pas. Son propre dragon saluait Arashi comme un partenaire ! Cela ne s'était jamais vu !

— Je crois qu'il t'aime bien.

— Ils sont vraiment magnifiques.

Arashi était le plus heureux. Non seulement il avait vu un dragon de près, mais en plus il avait pu le saluer.

Darm retourna sa tête et recula pour repartir non sans jeter un dernier regard à Arashi qui ne le quitta pas des yeux jusqu'à ce qu'il disparaisse dans le ciel.

Enrich prit le chemin du retour. Il se posait des tas de questions. Son dragon avait accepté Arashi si facilement. Quant à Arashi il était encore en train de penser à ce dragon. Il se demandait bien si lui aussi il aurait finalement la chance d'en avoir un pour lui. Il aimerait bien pouvoir voler sur l'un d'eux. Oh, oui qu'il aimerait bien pouvoir s'envoler à dos de dragons ! Ce devait être magique !

Enrich le raccompagna dans sa chambre et lui demanda de se reposer. Il était vrai que la première sortie avait été éprouvante pour Arashi. Enrich repartit aussitôt sans donner d'explications. Arashi découvrit d'autres livres et s'installa sur le fauteuil. En attendant le repas. Il prit un livre et se contenta de lire. Mais son esprit était ailleurs. Son esprit vagabondait vers le ciel. De temps en temps, il jetait un œil vers la fenêtre. Il regardait le ciel et ses diverses ombres qui se déplaçaient avec envie.

Darm s'était envolé. Il devait absolument rencontrer Daguelia. C'était actuellement la reine de tous les dragons présents de la cité. C'était elle qui décidait pour tous les dragons, elle qui participait au conseil, qui allait pouvoir choisir qui devait vivre ou mourir. C'était elle également qui décidait s'ils voulaient bien servir le peuple des dragons ou pas. Il n'y avait pas très longtemps qu'elle avait pris ses fonctions, mais tous les dragons avaient du respect pour elle. Le roi l'avait déjà rencontré et tous la craignaient. Elle vivait un peu à l'écart, mais venait à chaque réunion du conseil. Et chose tout aussi inattendue, elle attendait aussi son maître. En général les reines dragons n'avaient pas de maître. Cela était exclusivement réservé lorsqu'une grande bataille avec le chef de l'empire de l'ombre était inévitable. Chaque reine savait d'instinct si cela devait avoir lieu ou pas. Daguelia le savait. Elle ne l'avait pas encore rencontré, elle ne savait pas avec qui elle se lierait. Tout ce qu'elle espérait c'est qu'elle ne tomberait pas sur un froussard. Cela était déjà arrivé malheureusement et dans la plupart des cas cela conduisait fatalement à la mort du dragon et de son maître. Elle s'entraînait chaque jour afin de garder la forme et sa dextérité. Elle le savait bientôt, ils allaient entrer en guerre contre l'empire des ombres. Beaucoup allaient certainement périr dans les deux camps. Ce serait à elle qu'incomberait de diriger la bataille, elle, et son futur maître. Elle s'apprêtait à faire une autre ronde lorsqu'elle entendit les battements d'ailes bien connues. Elle sortit de sa grotte pour rencontrer Darm qui se posa aisément juste devant elle. Il n'avait pas besoin de dire quoi que ce soit. Elle se doutait la raison de sa venue. Elle se mit à sentir son museau. Cette fois, c'était la bonne odeur. Cette fois son maître était enfin apparu. Elle allait devoir se lier avec lui. Il semblait pourtant étranger à cette contrée. Il semblait grand et courageux. Courageux et visiblement n'ayant pas peur de se battre. Elle sentit également une fascination extrême pour son peuple. Un être du peuple des dragons qui adorait les dragons à ce point… Elle adorait finalement son odeur. Elle fut rassurée. Elle sentait qu'ils allaient être liés pour la vie. Cette liaison irait bien au-delà de son espérance. Il fallait qu'elle se prépare. Il fallait qu'elle parte voir Goru le sellier. Lui seul pourrait lui confectionner un harnachement adéquat. Darm prit son envol et elle le suivit. Les grottes n'étaient pas très loin de la cité. En cas d'attaque les dragons étaient rapidement présents pour défendre la cité contre tout ce qui pouvait se présenter comme ennemie. Elle prit son envol et se dirigea vers l'atelier de Goru. Celui-ci était en train de travailler sur une nouvelle épée lorsqu'elle arriva. Il avait entendu ses battements d'ailes. Celle-là il ne les entendait pas souvent. Sûrement un nouveau dragon qui avait dû trouver son maître, se dit-il en posant l'épée sur le côté et s'essuyant les mains il sortit de l'atelier. Lorsqu'il aperçut la couleur du dragon en question, il sursauta.

— Daguelia… fut ses seuls mots. Il espérait ne pas avoir fait une erreur en reconnaissant la reine des dragons. Il la savait impitoyable.

— J'ai besoin que vous me confectionniez un harnachement complet tout de suite.

— Aucun problème, dit-il finalement rassurer. Je m'y mets immédiatement si vous êtes prête.

— Dans ce cas, commençons.

Enrich attendait avec impatience la venue du roi. Il devait revenir d'une mission de reconnaissance et il était visiblement en retard. Il devait y avoir une réunion extraordinaire du conseil. Tous les représentants des peuples étaient présents et visiblement impatients. Ils n'attendaient plus que lui. Enrich avait passé les deux derniers jours à faire visiter la cité à Arashi. Il avait également commencé à l'entraîner. Il s'était aperçu que celui-ci avait non seulement déjà eu un bon entraînement, mais qu'il savait également bien utiliser un arc. Il arrivait même à s'adapter avec plusieurs armes différentes. C'était déjà un bon atout. Il lui resterait la chose la plus importante à apprendre. Le combat à dos de dragon. Il savait que celui-ci était fasciné par les dragons et qu'il n'en avait pas peur du tout ce qui faciliterait la liaison assurément. Il se demandait comment il allait s'en sortir lorsque Daguelia allait le choisir. Parce qu'il se doutait bien que son élu était Arashi. Il se rappelait le pendentif qu'il portait lorsqu'il l'avait ramené. Il n'en existait qu'un seul comme celui-ci. Et cela ne pouvait présager qu'une chose. Que la guerre allait non seulement être pour bientôt, mais qu'elle allait prendre une autre tournure. Il ne se rappelait pas dans l'histoire du peuple quand la reine des dragons avait pris un maître.

— Cela faisait des millénaires que cela ne s'était pas produit. Cela ne présageait rien de bon. Il décida de rentrer dans la salle du conseil. Lorsqu'il entra, tous avaient le regard sur lui. Ils comprirent qu'il était encore seul.

— Nous ne pouvons attendre plus longtemps. Soit vous faites appeler son fils soit nous reportons la séance, cria le représentant des elfes.

— Vous savez très bien que nous ne pouvons pas faire venir Arashi tant que nous ne vous l'avons pas présenté officiellement.

— De plus, il ne s'est pas encore lié à l'un de vos dragons ! disait un autre.

— N'est-ce pas un cas d'extrême urgence, demanda le représentant des nains.

Daguelia commença à s'agiter. Elle détestait ces réunions qui étaient parfois interminables. Elle préférait se retrouver en pleine bataille plutôt que de rester cloîtrée dans une seule pièce avec tous ces gens. Sa queue qui remuait sans cesse en disait long sur son humeur. Elle était impatiente de commencer et il lui semblait perdre son temps à rester ici. Les représentants qui se trouvaient trop près à leur gout se décalèrent du côté opposé. Enrich aperçut le harnachement qu'elle avait sur le dos. Cela ne pouvait signifier qu'une seule chose… Qu'elle irait choisir son élu rapidement. Cette fois tout allait commencer.

— Dans ce cas, reportons la séance, proposa Daguelia. Je reviendrai la prochaine fois avec mon élu.

Il s'ensuivit un brouhaha sans précédent. Tous les représentants des peuples avaient soudain compris que si la reine des dragons avait elle-même un maitre que la situation allait être grave voir très grave. Ils commençaient à tous paniquer.

— Oui, reportons la séance et envoyez un contingent en reconnaissance, lança le représentant des Orgons.

Un peuple qui vivait essentiellement au bord de l'eau. Il était impatient de savoir qui serait son élu.

— Dans ce cas, je déclare la séance reportée, cria Enrich avant de suivre Daguelia qui était déjà sortie dans le couloir.

Il ne servait plus à rien d'attendre et de laisser tous ces représentants commencer à s'énerver.

Il se positionna devant elle ce qui la mit de fort mauvaise humeur. Très peu de personnes pouvaient ainsi le faire sans risquer de se faire dévorer.

— C'est beaucoup trop tôt ! lui dit Enrich.

— Nous n'avons pas le choix. Je vois que vous savez déjà qui est mon élu. Vous devez donc comprendre ce qui est en jeu. Vous savez tout comme moi que sa vie sera en danger tant que nous ne serions pas liés.

— Je le comprends. Mais Arashi n'est pas encore prêt !

— Dans ce cas, faites-moi confiance. Je vous promets que tout se passera bien. Elle le regarda droit dans les yeux. Enrich connaissait bien Daguelia. Elle était dure et sans pitié parfois, mais elle était loyale et juste.

— Je vous fais confiance. Prenez soin de lui, dit-il en se mettant sur le côté.

Daguelia acquiesça de la tête et repartit dans le couloir.

Enrich repartit sur la terrasse. Il regarda le ciel en vain. Il siffla alors pour appeler son dragon. Celui-ci apparut devant lui en quelques secondes.

— Tu as vu Daguelia ? lui demanda Darm.

— Je suppose que c'est ton œuvre. Tu le savais ?

— Je l'ai su à son odeur que c'était lui.

— Nous allons prendre une escouade et partir à la recherche du roi. Je suppose que Daguelia sera avec nous et avec Arashi.

— Tu supposes bien. Enrich grimpa sur le dos de Darm et il s'envola. Il savait que Darm allait contacter les autres dragons et que ceux-ci allaient chercher leurs maîtres.

Il suffirait de les attendre au lieu de départ.

4

Arashi commençait à sortir seul même s'il lui semblait sentir quelques présences au loin qui devaient certainement être là pour le protéger. Il affectionnait particulièrement la grande bibliothèque du palais. Celle-ci était riche en livres et il apprenait beaucoup de chose sur ce peuple, sur les peuples alliés. Sur ce que les humains avaient fait lors de la dernière bataille. Il comprenait maintenant la réticence du peuple des dragons à de nouveau leur faire confiance.

D'autant plus que lui-même était finalement à moitié humain même s'il avait pris le même physique que son père.

Ce matin-là, il avait décidé de faire un tour seul sur le dos de Khan. Il resterait sur les remparts pour éviter le maximum de personnes. Il ne se sentait pas encore prêt à rencontrer trop de monde. Il allait se diriger vers la piste d'entraînement des dragons lorsqu'une grande ombre se profila au-dessus de lui. Il ressentit quelque chose étrange à ce moment-là qu'il ne pouvait expliquer. Il arrêta sa monture pour observer cette Ombre en levant la tête. Il aperçut ce grand dragon qui était totalement différent des autres. Elle était de couleur feu. Elle semblait flotter dans les airs. C'était majestueux. Ses ailes étaient plus grandes que ceux du dragon d'Enrich. De couleur feu ? Comme la pierre de son pendentif ! La dragonne fit demi-tour et contre toute attente se posa souplement et directement devant lui. Elle avait les yeux marron foncé. Son regard plongea dans le sien. Ils se regardèrent un moment droit dans les yeux.

— Je m'appelle Daguelia, dit-elle finalement.

— Ne me dites pas que… commença Arashi. Il comprit alors qu'elle était venue pour lui, qu'elle allait se lier à lui !

— Si. Malheureusement, nous n'avons pas le temps de faire selon les coutumes. La vie de votre père est en jeu et je crains que nous devions faire vite.

— Je vous fais entièrement confiance, dit-il tout simplement.

— Alors, grimpe sur mon dos.

Arashi descendit de cheval et grimpa sur son dos. Il avait vu dans les livres comment les chevaliers montaient sur le dos des dragons et cela ne lui posa donc aucun souci. Il comprit où mettre ses pieds et se saisit des rênes. Il aperçut fixés de chaque côté son épée et son arc avec des flèches. Elle avait tout prévu. Daguelia décolla aussitôt. Elle lui fit le tour de la cité. Tous les gens levèrent la tête à son passage. Certains même se mirent à genoux d'autres applaudissaient.

— Ce n'est pas courant que la reine des dragons se choisisse un partenaire, lui expliqua-t-elle.

— La reine des dragons ? s'étonna Arashi. Il avait souhaité être lié avec un dragon, mais là, cela allait au-delà de toutes ces espérances.

— Nous avons de grandes choses à accomplir jeune homme. Certaines seront longues et difficiles. Mais il y aura également de belles choses. De très belles choses même.

Elle plongea rapidement dans le vide et rasa le sol puis reprit son envol. Arashi profitait de chaque instant. Comme il s'y attendait, voler lui apportait des tas de sensations étranges et merveilleuses. Il sut à cet instant qu'il ne pourrait plus s'en passer. Se sentir flotter dans les airs, sentir le vent sur son visage. Daguelia était étonnée que celui-ci n'ait aucune crainte et tenait finalement relativement bien sûr son dos malgré sa vitesse. Il semblait suivre chacun de ses mouvements sans aucun problème. Elle décida de faire plus. Elle monta plus haut dans le ciel. Beaucoup de personnes s'étaient rassemblées sur les remparts et sur les grandes pistes d'entrainements.

— C'est la reine des dragons ! disaient certains. Elle a choisi un compagnon !

— La reine ? Avec un compagnon ? Mais qui ?

— On dirait le fils du roi !

— Mais oui c'est lui ! Son cheval est rentré seul à l'écurie !

Daguelia monta jusqu'à ses propres limites puis redescendit à toute vitesse. Arashi voyait le sol défiler et se rapprocher de plus en plus vite. Il ne dit pas un mot au contraire il souriait de bonheur. Daguelia remonta à la dernière minute et poussa le vice jusqu'à même frôler le sol. S'ensuivit ensuite un vol que l'on pourrait comparer au vol nuptial des dragons. Les autres dragons observaient la scène et eux plus que quiconque comprenait parfaitement ce que cela signifiait. La liaison entre une reine dragon et un prince n'était pas rien. Cela ne s'était pas vu depuis fort longtemps. D'ailleurs, aucun dragon ne s'en souvenait de son vivant. Cela appartenait aux légendes. Celle-ci resterait jusqu'à la mort des deux ou de l'un d'eux. Celle-ci ne présageait rien de bon pour la guerre qui s'annonçait. Quiconque s'amuserait à vouloir violenter ou faire du mal au prince serait immédiatement tué par la reine elle-même. Ils devaient donc tous le respect au prince. Ils étaient eux aussi d'une certaine manière liés. Arashi serait également le seul à pouvoir monter sur le dos d'un autre dragon.

Elle continua son vol pendant plus d'une heure et se dirigea ensuite vers le groupe de dragons qui l'attendait. Ils décollèrent aussitôt qu'ils l'aperçurent. Enrich avait pris la tête sur Darm et rejoignit Arashi.

— Je vois que tu viens de faire ton baptême de l'air ! lui cria-t-il.

— Oui. Mais où allons-nous ? demanda Arashi en constatant qu'ils prenaient la direction du Nord.

— Chercher ton père, s'ils ne sont pas revenus c'est qu'il y a eu un problème. Et pour que Daguelia se déplace, ce doit être important.

Ils volèrent ainsi côte à côte pendant plusieurs heures. À un moment donné, Enrich ordonna aux autres de se déployer pour couvrir plus de terrain.

Arashi se demandait bien avec combien de dragons son père était parti en reconnaissance.

— Ils étaient quatre pour ne pas attirer l'attention, lui répondit Daguelia. Et oui, je peux lire en toi et bientôt nous ne ferons qu'un et toi aussi tu pourras lire en moi.

Ils volèrent encore un bon moment. Arashi commença à avoir mal aux jambes, mais préféra ne rien dire. Il regardait au loin pour ne pas y penser lorsqu'il crut apercevoir quelques points noirs droit devant.

— C'est quoi ça ? demanda-t-il.

— L'ennemi ! cria Daguelia. Et ils arrivent vite !

— Ils nous ont déjà repérés, cria Enrich. Aucun ne doit en réchapper, ordonna-t-il à ses hommes.

Les points noirs arrivèrent à vive allure et grossirent de plus en plus. Arashi distingua les silhouettes de dragons noirs légèrement plus petits que les leurs.

— Ne t'y fit pas, annonça Daguelia leur petite taille leur donne considérablement un avantage. Accroche-toi ! Arashi se souvint avoir lu quelques récits de batailles. Les petits dragons de l'empire avaient l'avantage de la rapidité de mouvement lors de combats rapprochés. Mais leur principal défaut était le choc frontal. Ils n'avaient aucune chance face à un dragon de la taille de Daguelia. Mais il fallait se débarrasser de leur cavalier bien souvent qui avait pour la plupart des arcs.

Daguelia fonça sur le côté évitant ainsi de justesse la collision avec un ennemi. D'ordinaire, elle lui aurait foncé dessus sans hésiter comptant sur sa grandeur et sa force d'envol, mais elle devait prendre en compte le choc et son passager. Le combat commença. Enrich avait bien deux dragons pour lui tout seul. Les autres semblaient en avoir qu'un. Quant à Arashi, il n'eut pas le temps de voir autre chose que celui qui lui fonça dessus.

— Leur chef préfère nous défier, lui dit Daguelia dans son esprit.

Arashi ne sut pas trop quoi faire sur le coup. Sortir son épée aurait été vain sur le dos de Daguelia, vu son envergure il ne ferait que la blesser. Il sortit alors son arc. Ce ne serait pas évident, mais il avait déjà tiré sur son cheval lorsqu'il était avec le frère de Serve et il était plutôt doué.

— Vise le cou, lui conseilla Daguelia qui fit de son mieux pour se positionner afin qu'il puisse ajuster son tire.

Le deuxième tir toucha sa cible. Le dragon poussa un cri horrible qui fit arrêter le combat pendant quelques secondes. L'ennemi attaqua de plus belle. Daguelia en profita pour foncer sur le dragon. Arashi se cramponna. Le choc fut assez violent et l'ennemi perdit l'équilibre et tomba au sol.

— Je m'occupe de lui, cria Arashi.

— Et moi de sa monture, dit Daguelia. Elle se rapprocha du sol et Arashi sauta en n'oubliant pas de prendre son épée. Il rejoignit rapidement l'ennemi qui venait à peine de se relever. Celui-ci portait également son épée et il la sortit. Ils commencèrent le combat. L'ennemi avait une force supérieure à Arashi. De plus celui-ci était à peine remis de sa mésaventure malgré les récents entraînements avec Enrich. Il remercia néanmoins intérieurement Serve et son frère pour leur entraînement. Cela lui permit de tenir un peu plus longtemps, mais l'ennemi semblait bien plus fort. Il commençait néanmoins à prendre le dessus. Arashi ne put que se défendre. Au bout d'un moment alors que l'ennemie failli lui donner un coup mortel il s'écroula à terre une flèche plantée dans le dos. Arashi entendit quelque chose approcher et sortit son arc et une flèche prêts à tirer, laissant son épée au sol juste à côté de lui.

— Eh bien, eh bien, entendit-il c'est comme ça qu'on accueille son pauvre père ?

La silhouette apparue. Arashi baissa son arc et la rangea sur son dos. Il rengaina son épée également observant cet homme qui venait d'arriver. Il était aussi grand que lui. Il avait les mêmes cheveux, la peau légèrement plus foncée et les yeux sombres tout comme lui. Aucun doute, cet homme était son portrait craché de vingt soleils de plus que lui.

Son père s'approcha rapidement et le prit dans ses bras.

— Mon fils, je te rencontre enfin ! La dernière fois que je t'ai vu, tu étais complètement endormi.

— Père ? Ne put que dire Arashi le serrant lui aussi dans ses bras.

— Je ne pensais pas avoir du secours, dit-il en se dégageant. Mon dragon a pris une vilaine flèche je ne pouvais pas le laisser ainsi. Viens. Il le suivit à travers les buissons. C'est là qu'il aperçut la grosse masse sombre.

— C'est Denshi. Mon dragon.

Arashi s'approcha de lui. Il semblait complètement épuisé et avait les yeux vitreux. Il aperçut alors la flèche plantée sur le côté droit.

Arashi se dirigea vers le dragon qui leva légèrement la tête. Il posa ses mains sur son museau avant même que son père n'ait eu le temps de dire quoi que ce soit et ferma les yeux.

— Non ! Il ne… commença-t-il.

Mais Denshi ne bougeait pas au contraire il lui tendait son cou.

— Cette flèche contient quelque chose de puissant. Si on ne lui enlève pas il va mourir ! informa finalement Arashi en ouvrant les yeux.

Son père était bouche bée et ne prononçait plus un mot. Il se retourna à peine lorsqu'il entendit Daguelia se poser non loin avec le reste du groupe.

C'est seulement à ce moment-là qu'il comprit.

— Daguelia ? dit-il.

— Oui, répondit-elle. Je me suis lié à votre fils. Arashi, il va falloir lui enlever cette flèche et toi seul peux y arriver.

Enrich lui lança un couteau qu'Arashi attrapa facilement sans problème au vol.

— J'ai compris.

— Arashi… commença Daguelia en comprenant ce qu'il allait faire ensuite.

Elle avait lu dans son esprit et comprit qu'il avait le don de donner de la force à tout animal qui était en difficultés. Mais cela se faisait à son détriment bien évidemment et il fallait qu'il garde un peu de force pour la suite de la liaison.

— Ne t'inquiète pas, lui répondit-il. Si je m'écroule de fatigue, je sais que vous prendrez soin de moi.

— Je vais commencer.

Denshi sembla acquiescer de la tête et la posa au sol prêt à serrer les dents. Arashi se positionna devant la blessure pour l'observer et décider comment il allait s'y prendre et se mit devant Daguelia. Arashi ne perdit pas de temps. Il positionna le couteau devant le museau de

Daguelia qui la chauffa avec le feu sorti de sa bouche. Puis il commença. Il planta le couteau vers la plaie et fit une légère entaille Il refit la même chose sur quatre côtés. Puis il enfonça le couteau de façon à sortir la flèche d'un seul trait. Il sentait bien Denshi souffrir, il sentait ses muscles se contracter, entendit le léger grognement. Il s'efforça de ne pas y prêter attention. Plus vite ce serait fait plus vite ce serait fini. Lorsque la flèche fut sortie, Enrich apparu avec une sorte de pâte visqueuse verdâtre. Pendant qu'Arashi était en train d'opérer, il n'avait pas perdu de temps. Il était parti à la recherche d'une plante qu'il connaissait bien et de cette terre propre qui se trouvait seulement sous certains arbres. En faisant une patte avec un peu d'eau et cette plante bien spécifique, cela aidait à cicatriser les blessures des dragons. Arashi prit la patte déposée sur une grande feuille et commença à l'étaler doucement sur la blessure. Cela semblait également soulager Denshi. Il ferma un instant les yeux.

— Voilà, fit Arashi en redonnant le restant de patte à Enrich. Il s'essuya les mains dans l'herbe et regarda Daguelia.

— Je suis prête, lui dit-elle. Elle lui proposait de sa force pour l'aider.

— Dans ce cas, nous allons surveiller les alentours, dit Enrich en remontant sur le dos de son dragon. Il s'envola et plusieurs le suivirent.

Arashi posa alors une main sur Daguelia et l'autre sur Denshi. Il ferma les yeux. Son père observait la scène sans comprendre.

Pendant ce temps, Enrich envoya un de ses hommes à la cité et ordonna qu'on ramène Lenir de toute urgence au sanctuaire.

— Lenir ? demanda celui-ci avec crainte et étonnement. Tout le monde connaissait Lenir en tant que meilleur soigneur, mais il avait une peur bleue des dragons et avait une tendance fâcheuse à paniquer un peu trop facilement dès qu'il se retrouvait en leur présence. Personne ne comprenait d'ailleurs pas pourquoi celui-ci semblait être devenu le soigneur attitré du prince Arashi avec ce handicap. De plus, celui-ci semblait non seulement grandement l'apprécier, mais lui faisait une entière confiance.

Même s'il fallait l'assommer pour le ramener il devait être au sanctuaire avant leur retour. L'homme partit rapidement sur le dos de son dragon. Enrich ne semblait pas plaisanter et il n'avait pas intérêt à ne pas remplir la mission qui lui avait été confiée.

Arashi resta plusieurs heures ainsi. Au bout d'un moment, il commença à faillir, son père le rattrapa avant qu'il ne s'écroule.

— Ça suffit, ordonna-t-il.

— Est-ce que… commença Arashi.

— Il a suffisamment de force pour pouvoir aller là où nous nous rendons. Repose-toi maintenant. Tu vas en avoir grand besoin pour ce qui t'attend.

Arashi n'entendit pas la suite il plongea entre demi-conscient et inconscience. Il tomba dans les bras de son père.

— Je vais vous porter, proposa Daguelia au roi, ainsi vous pourrez tenir votre fils et Denshi aura moins de poids pour nous suivre.

Le roi grimpa sur le dos de Daguelia et attendit qu'on lui passe son fils pour décoller. Denshi réussit à décoller et les suivit difficilement.

Tous se dirigèrent vers le sanctuaire. Le roi qui se doutait de ce qui allait se passer était inquiet. Lorsqu'ils arrivèrent devant l'entrée du sanctuaire, un dragon était déjà présent. Le roi posa un regard interrogateur à Enrich.

— Lenir, lui répondit-il simplement. Le soigneur personnel de votre fils.

— Vous avez réussi à faire venir Lenir sur le dos d'un dragon ?

— Je ne lui ai pas laissé vraiment le choix.

— Décidément, Plus on avance avant le coucher du soleil et plus je vais de surprise en surprise !

Ils atterrirent souplement et Arashi ouvrit les yeux lorsqu'ils le descendirent à terre. Celui-ci réussit tant bien que mal à se remettre debout. Il s'apprêtait à se retourner lorsqu'il reçut un énorme coup sur la tête. Il se retrouva à terre à moitié assommé. Il eut juste le temps d'entendre Daguelia s'excuser. Celle-ci lui sectionna les vêtements sur le torse et le griffa sérieusement. Le sang coula sur son torse. Enrich lui planta légèrement un couteau sur le côté droit de Daguelia. Celle-ci lécha sa blessure et se mit à lécher celle d'Arashi également. Celui-ci poussa un hurlement de douleur. Son corps le brûlait de partout. Il se secoua dans tous les sens quelques secondes et finalement il s'évanouit.

Il ne comprit pas ce qu'il se passa par la suite. Il oscillait entre consciences et demie conscientes. Parfois, il avait froid et parfois il avait chaud. Il sentait qu'on le déshabillait qu'on le plongeait dans du liquide chaud. C'était vraiment agréable. Il sentait qu'il transpirait de partout. On lui faisait boire d'étranges boissons chaudes. Et il se retrouva encore dans ce liquide chaud. Il ne compta plus combien de fois cela arriva. Il laissa son esprit vadrouiller. Par moments, il entendait qu'on l'appelait. Il pensa même reconnaître la voix de Lenir. Lenir ? Mais que faisait-il près de lui. Il sentait bien qu'il n'était pas dans la cité. Il n'était pas dans sa chambre. Non il entendait deux voix qu'il ne connaissait pas.

5

Lorsqu'Arashi ouvrit les yeux, il eut un mouvement de recul en apercevant deux individus totalement inconnus à son chevet. Ils semblaient d'un certain âge à en juger par leurs cheveux et leurs barbes grisonnants. Tous les deux avaient une tenue semblable aux soigneurs du palais excepté qu'elles étaient marron.

— Du calme jeune homme, fit l'un d'eux. Nous sommes les prêtres du sanctuaire. Vous êtes en sécurité ici.

— Le sanctuaire ?

— Oui, vous avez été lié à la reine des dragons. La liaison s'est bien passée malgré votre extrême fatigue et beaucoup de fièvre. Vous nous avez bien fait peur. Enfin, vous avez surtout fait peur à votre soigneur Lenir surtout.

Arashi s'assit difficilement et se tenait la tête.

— Tenez, dit-il en lui tendant une boisson chaude. Votre mal de tête est tout à fait normal.

— Où est Lenir ? demanda Arashi soudain suspicieux.

— Ne t'inquiète pas, entendit-il dans sa tête reconnaissant la voix de Daguelia.

Arashi prit le remède et le but lentement. Son mal de tête disparu presque instantanément.

— Je vous l'ai dit, vous n'avez rien à craindre. Notre rôle était simplement de vérifier que tous se passent bien. Nous avons des choses à vous dire jeune homme, car votre destinée n'est pas celle d'un homme normal. Vous devez savoir certaines choses avant de vous lancer dans cette bataille insensée.

Ils entendirent du brouhaha. La porte s'ouvrit et un autre prêtre passa la tête par l'entrebâillement.

— Oui, laissez le entrer de toute façon il sera plus calme ici qu'à l'extérieur à se morfondre pour Arashi, fit le prêtre qui venait de parler à Arashi.

Lenir entra précipitamment et se jeta sur le lit d'Arashi.

— Vous allez bien ? Vous vous sentez comment ? Vous…

— Du calme, Lenir, je vais bien.

— Vous pouvez rester ici Lenir, mais à condition que vous vous teniez tranquille, ordonna le prêtre.

Lenir s'assit près d'Arashi et ne dit plus un mot.

— Bien. Nous allons pouvoir commencer, fit le prêtre.

Auparavant, il fit apporter de quoi manger à Arashi. Celui-ci les écouta tout en mangeant tranquillement. Il se sentait beaucoup mieux.

— Il y a dix-huit soleils, nous avons rencontré votre mère alors qu'elle savait que vous commenciez à grandir dans son ventre. Nous étions en pèlerinage proche de la frontière. Nous avons immédiatement senti votre présence et votre force. C'est là que nous avons compris. Vous étiez le fils du roi de la cité des dragons. Elle s'était échappée de ses ravisseurs alors qu'elle avait été enlevée. Elle retournait dans le royaume des hommes pour vous protéger. Quelqu'un dans la cité veut votre mort. Vous devez le savoir et faire attention. Tous n'ont pas apprécié la liaison de votre père avec une humaine. Ce peuple qui les avait trahis lors de la dernière grande bataille. Nous l'avons donc aidé à traverser les montagnes discrètement. Ceux qui la poursuivaient ont dû croire qu'elle avait péri seule dans le froid. Nous l'avons mis sur la route d'un messager afin qu'il lui vienne en aide le temps que d'autres personnes prennent la suite. Vous avez été élevé par les humains. Le fait qu'ils aient eu la présence d'esprit de vous cacher pendant ces longues années nous a toujours surpris, et cela vous a probablement sauvé la vie.

— Vous savez, ce n'est pas parce qu'un humain vous a trahi que tous l'auraient fait ou le feront, dit Arashi.

— Mais peu après nous avons appris que l'empire des ombres commençait à rassembler ses troupes, continua le prêtre sans prendre en compte sa remarque. Nous avons donc compris alors que nous serions les témoins de la prochaine bataille. Il a eu des bruits qui couraient qu'un enfant ressemblant à ceux de la cité des dragons vivait parmi les humains. Un groupe de mercenaires a été dépêché pour vous capturer. Nous en ignorons encore les commanditaires. L'empire des Ombres ou bien les réfractaires. Vous devez donc faire très attention. Nous savions que vous étiez le futur maître de Daguelia. C'est pour cela que nous avons donné le pendentif que vous portez à votre mère. Votre sang est celui d'un prince. Mais il est aussi celui qui était destiné à se lier à la reine des dragons. Cela voulait dire aussi que l'empire des ombres possède un dragon tout aussi puissant avec un maitre l'étant tout autant. Vous seul serez en mesure de le combattre et de restaurer la paix pour de nombreuses années.

— Pouvons-nous perdre la bataille ? demanda Arashi.

— Oui. Et ce serait vraiment catastrophique. Pour nous et tous les peuples. Parce que l'empire des ombres s'il venait à conquérir cette contrée ne s'arrêtera pas là. Vous devez comprendre que le lien que vous avez avec Daguelia n'a rien avoir avec celui que les autres ont avec leurs dragons. Vous êtes le seul qui ait le pouvoir de redonner de la force à un dragon blessé. Et rien que pour cela, vous avez l'estime de tout le peuple dragon. Le seul lié par le sang avec son dragon. C'est pour cela que vous avez eu beaucoup de fièvre. Le sang de Daguelia s'est mêlé au vôtre. Bientôt vous allez vous sentir différents. Bientôt vous serez prêt. Mais bientôt aussi l'empire des ombres passera à l'attaque.

— Ça fait beaucoup pour un seul être.

— Vous n'êtes pas tous seul Arashi. Vous avez tout un peuple derrière vous. Vous avez des alliés. Vous aurez des amis et…

— J'ai aussi un ennemi encore plus puissant et des réfractaires. De plus, quelqu'un veut visiblement en finir avec moi, poursuivit Arashi.

— Ce sera beaucoup plus difficile dorénavant, maintenant que vous êtes lié par le sang. Certains n'oseront plus vous atteindre.

— Il en reste quand même.

— Vous devez rencontrer les peuples alliés de l'empire des dragons afin de renforcer vos liens et leur montrer que vous êtes maintenant là et que vous ne lâcheriez rien.

Arashi se leva. Il constata qu'il était habillé d'une tunique bleue comme lorsqu'il était au palais.

— J'ai la vague impression que tout est décidé pour moi et que je n'ai pas mon mot à dire, dit-il en sortant de la chambre.

— Arashi ! appela Lenir d'une voix désespérée en tentant de le rejoindre.

— Laissez-lui un moment, lui dit le prêtre. Ce n'est pas évident pour lui d'entendre ce qu'il vient d'entendre.

Arashi se dirigea vers l'entrée du sanctuaire et regardait le ciel. Lui qui pensait avoir une vie sans importance. Voilà maintenant que tout un peuple, tous les peuples allaient devoir compter sur lui. Il se sentait pourtant relativement bien. Il sentait une chose étrange fluctuer en lui. Une force nouvelle. La force de Daguelia. La force des dragons.

— Bon, puisqu'il faut y aller ! Autant prendre le taureau par les cornes, dit-il en se retournant.

Il aperçut Daguelia qui se posa non loin de lui.

— Je suis prête, dit-elle.

— Nous aussi. Mais nous avons un petit souci, fit Enrich en arrivant et poussant Lenir devant lui. Celui-ci était devenu blême et regardait Arashi désespérément.

— Lenir, fit Arashi. Il avait entendu que celui-ci avait une peur bleue des dragons.

C'était plus fort que lui. Arashi se demandait bien comment ils avaient pu faire pour le faire venir jusqu'ici. Il avait cru comprendre que cela avait été laborieux de la faire amener jusqu'ici. Tu vas monter avec moi.

— Co... comment ? Av... Avec vous ? Su... Sur Daguelia ?

— Tu ne risques rien, je serais avec toi.

Lenir s'approcha lentement et Arashi le fit monter devant lui. Ce qui étonna Arashi c'est que c'était beaucoup plus facile qu'il ne l'aurait cru. Daguelia s'envola aussitôt. Lenir ferma les yeux.

Enrich et les autres montèrent sur leur dragon en riant et s'envolèrent également. Arashi chercha son père et son dragon des yeux ne l'apercevant pas

— Il est retourné au palais calmer la délégation des autres peuples, l'informa Daguelia. Où va-t-on ?

— Quel est le peuple allié le plus proche ?

— Les elfes, dit Daguelia en changeant de cap.

Elle se dirigea aussitôt vers l'empire des elfes.

Ils furent accueillis par toute une délégation elfes en arrivant. Arashi attendit qu'ils l'invitent à descendre avant de le faire. Il laissa Lenir seul jucher sur Daguelia qui n'osait plus bouger.

Arashi fut étonné de voir le roi des elfes venir en personne le saluer.

— Je connais la raison de votre venue Prince des dragons, dit-il. Vous avez tous notre soutien.

Arashi rendit visite à tous les peuples ce qui lui prit la toute la journée. Seul l'un d'eux lui sembla suspect. Le roi des Roblins qui vivait dans les plaines. Son discours sonnait faux.

— Toi aussi tu l'as remarqué, lui dit Daguelia qui avait senti les pensées d'Arashi. Ils étaient les plus réfractaires lorsque ton père avait annoncé sa liaison avec ta mère. Ils sont néanmoins restés plutôt discrets depuis qu'elle avait disparu.

— Tu connais le proverbe, faut toujours se méfier de l'eau qui dort.

— Joli proverbe.

— C'est un proverbe humain.

Ils rentrèrent fort tard le soir au plus grand désespoir de Lenir. Il descendit rapidement de Daguelia.

— Je crois que j'ai eu ma dose de dos de dragons jusqu'à la fin de ma vie, dit-il en disparaissant en courant.

Arashi ne put s'empêcher de rire. Il fut aussitôt suivi par Enrich. Son père arriva peu après.

— Mon fils, tu dois être épuisé, il faut te reposer, je vais faire venir ton repas dans ta chambre.

Il prit Arashi par les épaules et le traîna dans le palais jusqu'à sa chambre. Lenir l'attendait déjà avec un repas.

— Vous devez vous reposer alors asseyez-vous, lui dit-il en le prenant lui aussi par les épaules et l'asseyant sur le fauteuil. Il lui servit de quoi manger et attendit.

— Je vois que tu es entre de bonnes mains. On se voit demain, lui dit son père avant de disparaître dans le couloir.

Arashi voulut se relever, mais Lenir le retient si fermement qu'il en fut totalement surpris. Il ne se souvenait pas qu'il ait une telle force. Il se mit soudain à bâiller.

— Vous voyez, vous êtes fatigué. Alors, mangez et reposez-vous !

Arashi ne put que sourire bêtement. Cela l'amusa tellement qu'il n'osa plus le contredire. Il but également une boisson que Lenir lui tendit. Lorsque Lenir revint après avoir le repas, Arashi s'était endormi. Il se mit à bâiller également et recouvrit Arashi d'une couverture. Il voulut s'asseoir quelques instants pour se reposer, mais il s'endormit également. Enrich repartit fort amusé en apercevant le spectacle lors de sa dernière ronde avant d'aller lui aussi se reposer.

Arashi accompagna son père le lendemain dans la salle de conférences. Tous les représentants des peuples semblaient présents. Y compris Daguelia qui se positionna à ses côtés. Tous avaient vu ou appris leurs liens. Certains semblaient plutôt satisfaits et rassurés, d'autres étaient mitigés. Arashi tenta de voir qui pourrait être contre voir totalement insatisfait. Mais il ne ressentit rien. Son père prit la parole lorsque tout le monde fit le silence.

— Comme vous devez sans doute le savoir, Daguelia la reine des dragons s'est liée avec Arashi mon propre fils. Vous savez tous ce que cela signifie. L'empire des ombres ne tardera pas à contre-attaquer en apprenant également la nouvelle. Lors de nos missions de reconnaissance, nous avons constaté qu'il rassemblait bon nombre de guerriers. Ils se sont dispersés en quatre grands groupes et se sont tous stoppés non loin de nos frontières. Nous pensons qu'ils attendent quelque chose ou quelqu'un pour agir.

Le roi s'apprêtait à continuer lorsque l'alarme retentit. Tous se figèrent un instant. Arashi posa un regard interrogateur à Daguelia.

— C'est l'alarme annonçant un groupe de guerriers aux portes de la cité, lui répondit-elle.

— Allons voir, dit Arashi en se précipitant sans attendre la réponse.

Son père le suivit tandis que la plupart des membres du conseil préférèrent attendre à l'abri.

Arashi et Daguelia se précipitèrent dehors et se dirigèrent tout droit vers les remparts. Arashi eut juste le temps de mettre son voile avant de jeter un œil au-dehors. Il aperçut alors une longue colonne de cavaliers armés. La cité était en effervescence et se préparait à riposter.

— Attendez ! cria Arashi ayant reconnu ces hommes comme étant des humains. Ils avaient tous les armes baissées ce qui montrait bien qu'ils n'étaient pas là pour attaquer.

Le roi fit signe d'attendre aux guerriers prêts à intervenir. Il avait mis lui aussi son voile comme tout le monde dans un tel cas.

L'un des cavaliers s'avança toujours les armes baissées.

— Je suis le roi de cette cité, cria le roi, pourquoi êtes-vous ici ?

— Nous voulons parler au prince de cette cité, cria le cavalier en retour et ayant arrêté sa monture à quelques mètres seulement de la grande porte.

— Je suis le prince de la cité des dragons, cria Arashi qui s'était rapproché. Nous aimerions simplement connaître vos intentions.

Arashi le reconnut aussitôt. Sa monture, ses armes, son allure…

— Capitaine Serve ?

— Arashi ? cria celui-ci.

— Attendez, je descends, fit Arashi sans attendre les protestations de son père. Il grimpa sur Daguelia et celle-ci décolla pour se poser non loin du cavalier. Elle fut étonnée que son cheval ne bouge pas d'un poil. Arashi sauta à terre et Serve descendit de cheval. Ils se saluèrent.

— Je suis content de te revoir Arashi, dit-il. En le prenant dans les bras.

— Moi aussi, répondit Arashi.

Le roi et les gardes voyant que Daguelia ne montrait aucun signe de nervosité baissèrent leurs armes. Arashi et Serve se mirent un peu à l'écart pour discuter.

— Que me vaut l'honneur de ta visite ? T'en a fait du chemin pour venir jusqu'ici !

— J'ai été mandaté par l'empereur lui-même. Il veut nous mettre à disposition de votre roi pour combattre l'empire des ombres à vos côté.

— Tu sembles bien au courant de la situation.

— L'empereur ne bouge peut-être pas du palais, mais il est parfaitement au courant de ce qui se passe dans les alentours.

— Je vais voir ce que je peux faire, lui dit Arashi. Tu sais nous avons encore des réfractaires au sein du palais et tous n'accepteront pas votre venu.

— Nous attendrons ici et nous nous conformerons à la décision de votre roi. Nous avons pu amener plus de dix mille hommes, ce n'est pas rien. Tous ne sont pas encore ici. Les autres nous attendent non loin. Je ne voulais pas que vous preniez notre venue pour une déclaration de guerre.

— Et c'est toi qui commandes tout ça ?

— Je suis le maître d'armes personnel de l'empereur. L'aurais-tu oublié ?

— Je suis impressionné. Je reviendrais te donner la décision. D'ici là, vous avez la permission de camper non loin des remparts.

— Entendu.

Arashi remonta sur Daguelia et il s'envola en direction du palais. Son père le suivit. Comme il s'y attendait, tous les représentants étaient présents et visiblement très impatients de connaître ce qui s'était passé.

— Il semblerait que tu connaissais cet homme, commença le roi.

— En effet, il s'agit de l'homme qui a fini mon entraînement. Il s'appelle Serve. C'est le maître d'armes personnelles de l'empereur des humains. C'est un homme de confiance. Celui-ci vous propose de mettre à votre disposition plus de dix mille hommes pour combattre l'empire des ombres.

Le brouhaha qui s'ensuivit prouvait bien que les avis étaient plutôt partagés.

Le roi décida de voter. Finalement, trois peuples étaient totalement contre, deux ne se prononçaient pas. Seuls le Roi et Arashi n'avaient pas pris part au vote.

— Nous aimerions connaître votre avis, demanda soudain le représentant des Roblins.

— Étant donné que je connais personnellement cet homme depuis plusieurs années et que c'est lui et son frère qui m'ont formé au combat, je peux vous dire que je lui fais entièrement confiance. Je pense que nous pouvons accepter leur offre.

— Je rejoins l'avis du prince, répondit tout simplement le roi.

— Dans ce cas, dit Daguelia, nous pouvons procéder à un nouveau vote.

6

Serve entendit la grande porte s'ouvrir. Perché sur son destrier il attendit. Un cavalier apparut et se dirigea droit sur lui. Il reconnut la silhouette d'Arashi bien que celui-ci soit voilé. Celui-ci s'approcha à portée de voix.

— Le vote a été un peu difficile et un peu chaotique. Mais ils ont finalement accepté. Par contre, vous devrez monter votre camp à l'extérieur de la cité.

— Aucun problème. Je suppose que tu n'y es pas pour rien dans tout ça.

— Je ne suis pas le seul en réalité. La bataille va être rude et on aura beaucoup de perte. Serve, fais bien attention à toi.

— Toi aussi Arashi.

Arashi tourna les talons et se dirigea vers la porte. Serve attendit que celle-ci se referme pour rejoindre son groupe.

Arashi rejoignit son père dans la salle de conférences.

— Tu leur as annoncé ?

— Oui.

— J'avoue que je suis assez étonné que la majorité ait accepté finalement. Ça ne présage rien de bon.

— Nous avons beaucoup d'alliés.

— Nous ne connaissons pas encore l'étendue de la force adverse. C'est bien ce qui m'inquiète.

— Peut-être qu'alors, il faudrait aller y faire une petite visite.

— Tu n'y penses pas ! Ce serait l'occasion rêvée pour eux de nous déclarer la guerre !

— Père ! Ils vous ont attaqué alors que vous n'étiez pas sur leur territoire ! Il me semble que la déclaration de guerre a déjà été faite !

— Tu préconises quoi ? Qu'on passe à l'offensive en premier ?

— Je ne sais pas. Je ne connais pas encore assez bien l'ennemi.

Enrich entra en trombe dans la salle.

— On a un problème ! Il semblerait que l'empire des ombres ait attaqué le peuple Erasy et qu'ils aient pris des captifs. On n'en sait pas plus pour l'instant. Le messager est mort avant de pouvoir nous en dire plus. Ils demandent notre aide de toute urgence.

— Il faut les sortir de là ! Dieu sait qu'ils vont leur faire subir !

Arashi sortit en courant de la salle et comme il s'y attendait, Daguelia l'attendait prête à partir. Dans ce moment-là, la rapidité était la meilleure chance pour ces gens. Il allait grimper sur son dos lorsqu'il aperçut une pile de lances posées contre le mur.

— Dis-moi, ça t'embête si on embarque ça ? J'ai une petite idée.

— Pas de soucis, fit-elle en lisant son plan dans ses pensées. J'en salive d'avance…

Il prit rapidement la pile de lances et tâcha tant bien que mal de les fixer de chaque côté à portée de main. Daguelia décolla aussitôt qu'il fut grimpé sur son dos.

— Ils vivent où les Erasy ?

Un peu plus loin proche des montagnes sud. Ce que je ne comprends pas c'est pourquoi eux et pourquoi prendre des otages ça ne leur ressemble pas.

— Ils ont une idée derrière la tête peut-être même que c'est un piège.

— Dans ce cas, il nous faudra être très prudent.

Ils arrivèrent sur le lieu de l'attaque en quelques minutes. Arashi remarqua des trouées de terre brûlée sur le sol disséminé un peu partout.

— Ils avaient des dragons avec eux sans aucun doute.

Ils aperçurent des Erasy en train de s'occuper des blessés, certains levèrent la tête. Un autre leur désigna le nord de la main. Daguelia se dirigea aussitôt elle aussi au Nord.

C'est au bout de quelques minutes qu'ils aperçurent six points bien définis dans le ciel.

— Les voilà, cria Arashi en détachant une de ses lances. Il se souvient de l'apprentissage que lui avaient fait Serve et son frère. Le lancer de lance.

— Ça peut toujours servir, disait-il.

— Oui, fit Arashi, et tu ne sais même pas à quel point !

Daguelia, on fonce droit dans le tas, on regarde où sont les captifs et on vise en premier ceux qui n'ont rien et ensuite les autres pour les récupérer en vol. Tu peux faire ça ?

— Et comment ! Je me doutais qu'avec toi ce serait marrant, mais alors là tu m'épates !

Les six silhouettes durent s'apercevoir qu'ils étaient suivis, car cinq firent demi-tour et se dirigèrent tout droit vers eux. Arashi montra mentalement le plan de vol à Daguelia pour les éviter. Ce serait dangereux, mais insolite. Arashi entendit un son étrange de sa part qu'il prit pour un rire.

Deux dragons foncèrent sur eux de chaque côté. Ils s'attendaient certainement à les attaquer ainsi. Mais Daguelia prit de la vitesse et se positionna sur le côté les laissant quasiment sur place. Puis elle ralentit les laissant presque la dépasser. Ils furent tellement surpris qu'ils aperçurent trop tard la menace. Ils reçurent chacun une lance dans l'une des ailes.

— Beau tir, fit Daguelia en accélérant encore plus d'un coup d'ailes puissant et fonça droit sur les autres cibles.

— Il n'a qu'un otage ! Informa Daguelia qui observait celui de tête resté seul. Arashi se prépara. Daguelia se positionna un peu au-dessus des deux autres et Arashi lança une lance à chacun de toutes ses forces. Il ne restait plus que deux ennemies. Il prit son arc et visa le cinquième qui perdit son cavalier. Daguelia le finit en l'assommant et en lui rentrant dedans. Ils se dirigèrent vers le dernier. Arashi lança sa dernière lance. Elle alla se planter directement sur l'une des ailes du dragon. La réaction fut quasi immédiate, celui-ci poussa un cri terrifiant et commença à tournoyer dans les airs. L'otage passa par-dessus bord comme s'y attendait Arashi, et tomba dans le vide. Il devait être inconscient parce qu'il ne se débattait pas en tombant. Daguelia fonça droit dessus et se positionne légèrement en dessous. Arashi se releva et réussit à récupérer l'otage dans ses bras non sans avoir failli perdre l'équilibre. Il le trouva cependant plus léger qu'il ne l'aurait cru.

— Ouf, c'était juste, dit-il en se rattrapant et tenant l'otage contre lui.

Daguelia changea subitement de cap et Arashi du se cramponner encore plus. Mais deux autres poursuivants apparurent et tentaient de les déstabiliser.

— J'ai une idée, dit mentalement Daguelia, mais je doute que ça te plaise.

— Dit toujours, dit Arashi bien conscient qu'à ce rythme-là Daguelia ne pourrait pas tenir plus longtemps.

Arashi comprit, et bien qu'il fût contre, il n'avait pas trop le choix en fait. L'otage semblait inconscient, mais lorsqu'il se réveillerait ce serait une autre histoire, surtout s'il n'avait jamais volé sur le dos d'un dragon. Arashi était toujours surpris par la légèreté de son poids. Daguelia était poursuivie par les deux autres dragons qui tentaient de la faire débarquer. Elle réussit néanmoins à prendre de l'avance piqua en direction du sol et disparu quelques instants derrière des arbres et remonta aussitôt en flèche.

Arashi se dépêcha de se cacher avec l'otage sous les arbres et regarda Daguelia disparaître suivie des deux dragons. La ruse avait fonctionné. Arashi allongea l'otage. C'est là qu'il s'aperçut de sa méprise. L'otage était une femme ! Elle avait les cheveux longs d'un gris très clair. Elle semblait aussi jeune que lui. Elle n'avait pas de blessures apparentes. Comme Arashi était encore connecté mentalement à Daguelia du fait de leur lien, il savait parfaitement ou il devait aller. Il reprit la jeune femme et s'engagea à travers la forêt. Il marcha un bon moment avant d'atteindre la fameuse grotte. Il pénétra à l'intérieur et se dirigea directement au fond. Celle-ci sentait le dragon à plein nez. Aucune bestiole ne viendrait les déranger. Il déposa la jeune femme dans un coin proche d'un feu qu'il commença à allumer. Il découvrit dans un renfoncement un paquet bien enveloppé. Cette grotte servait de refuge lors des excursions. De ce fait les réfugiés trouvaient toujours de quoi manger. Comme il s'y attendait tout au fond de la grotte il y avait une petite source d'eau potable.

Il put préparer un modeste repas. Il sentit soudainement la présence de la femme. Il se retourna et la vie sursauter. Elle semblait surtout visiblement paniquée ne sachant pas à qui elle avait à faire.

— Désolé pour cet endroit un peu vétuste, dit celui-ci. Mais nous devons attendre que ma dragonne se soit débarrassée de nos poursuivants avant de pouvoir vous ramener chez vous.

— Votre dragonne ? Me ramener ? dit-elle visiblement soulagée.

Un dragonnier était au service du roi donc elle se trouvait forcément avec quelqu'un de haute confiance.

Arashi l'observa un moment avant de comprendre. Oui, il avait gardé son voile !

— Je ne suis pas votre ennemi. On a réussi à vous récupérer avant qu'ils ne vous emmènent trop loin.

— Êtes-vous le prince Arashi ? demanda-t-elle soudain en se rapprochant.

— Oui, répondit Arashi en faisant mine de servir le repas pour s'éloigner de cette jeune femme.

Celle-ci le troublait fortement. Il ne comprenait pas pourquoi il se sentait aussi étrange en sa présence. Son odeur, sa façon de se déplacer, de parler, de le regarder, ses yeux clairs… Même son corps réagissait. Heureusement que son voile cachait le fait qu'il était devenu rouge…

— Vous allez manger avec votre voile ? demanda-t-elle s'étant rendu compte de sa gêne.

— Chez nous nous…

— Je connais vos coutumes, vous savez. Nous sommes alliés depuis longtemps. Vous pouvez l'enlever devant moi.

— Vous connaissez mon nom, en revanche j'ignore le vôtre, dit Arashi voulant changer de sujet.

— Je m'appelle Angel, dit-elle en s'asseyant avec le repas que lui avait donné Arashi pour la tenir à l'écart.

Elle s'assit proche du feu. Arashi se positionna en face de façon à garder une certaine distance. Il se rendit compte qu'il avait très peu côtoyé de femme. Il ne savait pas comment réagir avec elle.

— Pourquoi l'empire de l'ombre en aurait après vous ? demanda soudain Arashi.

— Je vous avoue que je l'ignore. Je suis même très étonné qu'ils connaissent simplement mon existence. Notre peuple est le moins peuplé de vos alliés, donc beaucoup moins important.

— Chaque peuple est important, quel qu'il soit, fit Arashi en détachant discrètement son voile.

Elle avait bien entendu comme beaucoup de monde appris l'existence du prince Arashi. Son père ne savait pas trop comment réagir face à cette nouvelle. Il préférait attendre de voir les événements pour se donner une opinion. Angel l'observa encore bon moment

Ce qui mit Arashi encore plus mal à l'aise. Il se dépêcha de manger et remit son voile. Puis il rangea tout ce qui avait permis de confectionner le repas et prétexta d'aller faire le guet pour se diriger vers l'entrée de la grotte. Il observa un moment les alentours tout en restant en retrait conscient que rien qu'avec le vent son odeur pouvait le trahir. Il ne perçut rien de suspect. Son esprit se dirigea alors vers Daguelia. Il la sentait encore au loin. Elle était poursuivie par quatre autres dragons. Ils allaient s'apercevoir qu'elle avait déchargé ses passagers et en lanceraient certainement quelques-uns à leurs recherches. Il reçut le message instantanément. Il se précipita à l'intérieur de la grotte et éteignit le feu.

— Nous devons partir, ils sont à notre recherche, dit-il. Angel le suivit. Ils sortirent de la grotte et se dirigèrent vers le bois en courant. Arashi trouva une mare boueuse et se dirigea vers elle.

— Faite comme moi, ordonna-t-il. Ça les empêchera de nous repérer à l'odeur.

Ils se couvrirent de boue et de feuilles d'une plante assez odorante. Puis Arashi l'entraîna à sa suite. Ils marchèrent longtemps en silence afin de ne pas trahir leur position. Il commençait à faire nuit. Arashi n'avait que son couteau sur lui. Il n'avait même pas pris le temps de prendre son épée. Tout le monde devait s'inquiéter. Même si Daguelia pouvait donner de leurs nouvelles aux autres dragons et que ceux-ci pouvaient transmettre les infos à leurs maîtres, ils ne seraient pas présents immédiatement. Arashi entendit soudain des bruits d'ailes dans le ciel. Ils se cachèrent aussitôt dans des fourrés épais et attendirent. Ils virent trois dragons de couleur sombre passer au-dessus de leur tête. Arashi les entendit même renifler. Ils étaient visiblement recherchés. Lorsqu'ils furent hors de vue, Arashi entraîna Angela à sa suite et ils continuèrent de courir. Il fallait qu'ils sortent de cet endroit au plus vite. Toujours grâce à l'aide de Daguelia il savait quelle direction prendre. Ils traversèrent une petite rivière et se dirigèrent en direction de la cité. Arashi demandait bien comment allait s'en sortir Daguelia. Elle semblait en mauvaise posture. Ils marchèrent une bonne partie de la nuit. Arashi fut étonné de voir qu'Angel le suivait de près. Elle semblait plutôt robuste et avait de l'endurance finalement malgré son apparence.

— Ça va ? lui demanda-t-il au bout d'un moment.

— Ne vous inquiétez pas pour moi, je ne suis pas aussi fragile qu'il n'y paraît. La preuve ils ont même dû m'endormir pour m'emmener.

Ils la voulaient vivante, se dit Arashi. Mais dans quel but ?

Ils continuèrent leur course effrénée à travers le bois. Daguelia le guidant toujours par son esprit. Soudain, Arashi eut une vive douleur au flanc et s'écroula de tout son long. Angel s'accroupit auprès d'Arashi. Celui-ci se toucha là où il avait mal, mais ne constata aucune blessure.

— Votre dragonne a dû être blessée, lui expliqua Angel. C'est une des conséquences non agréables de la liaison. Au fil du temps, vous saurez gérer la douleur.

Elle l'aida à se relever et ils repartirent aussitôt. Arashi se demandait comment elle pouvait en savoir autant. Finalement, il s'aperçut qu'il ne savait rien d'elle. Il lui aurait bien demandé quelques explications, mais ils se baissèrent en entendant du bruit. Peu de temps après, ils aperçurent de grandes ombres se déplacer au loin. Arashi comprit qu'il s'agissait de dragons terrestres. Quant à savoir s'ils étaient ennemis ou amis. Il sentit leur odeur.

— Ennemi, entendit-il de la part de Daguelia mentalement.

Il resta donc prostré en attendant qu'ils passent. Pourquoi envoyer des troupes au sol se dit-il. Je n'y comprends rien ! Que cela voulait-il dire ? Ils marchèrent plus lentement en silence épiant le moindre bruit. Soudain, ils entendirent un grand bruit. Quelque chose semblait s'être écrasé. Des flammes surgirent un peu plus loin. Arashi attrapa Angel comme pour la protéger. Des ombres les survolèrent et ils entendirent un combat. À en juger par le boucan que cela faisait il y avait plusieurs dragons dans le lot des combattants.

— Arashi sort de la ! entendit-il en reconnaissant la voix de Daguelia.

Il attrapa Angel et courut plus loin. Juste à temps avant de sentir une autre masse s'écraser précisément là où ils se trouvaient. Une grande masse se posa devant eux et Arashi fut soulagé de reconnaître Daguelia. Il fit grimper Angel et monta derrière elle. Daguelia décolla aussitôt.

Elle se dirigea aussitôt vers la cité.

— Nous avons enfin eu des renforts, ils vont s'occuper du reste, fit-elle en accélérant.

Ils volèrent un bon moment sans un mot. Arashi était rassuré de voir que Daguelia s'en était sorti. Il savait qu'elle était blessée et surtout épuisée. Mais pour rien au monde, elle n'aurait accepté que d'autres le ramènent à bon port.

Daguelia s'écroula de tout son long sur la terrasse du palais. Arashi descendit rapidement et fit descendre Angel.

— Dag ! cria-t-il en s'approchant du museau de Daguelia.

— Oh ne t'inquiète pas, lui dit-elle juste un peu de fatigue. On va me soigner et donner un remontant et demain je serais prête pour repartir. Toi va te reposer et puis sincèrement va te laver… Ton odeur est vraiment…

Ils n'eurent pas le temps de continuer leur discussion tous un attroupement arriva et Arashi ne sut plus où donner de la tête entre les questions de son père et d'Enrich. Puis ils décidèrent enfin de le confier à Lenir qui l'entraîna directement dans sa chambre. D'autres soigneurs s'occupèrent d'Angel, et disparurent avec elle. Lenir lui fit prendre un bon bain chaud et voulut l'examiner sur toutes les coutures afin d'être sûr qu'il n'ait pas de blessures graves. Il lui fit apporter un bon repas et l'obligea à s'allonger pour se reposer.

— Demain le conseil veut vous voir alors vous devez être frais et dispos. Étant donné qu'il y aura beaucoup d'autres membres, il vous faudra porter votre voile. Alors maintenant pas de discussion, au lit !

Arashi qui était bien plus fatigué qu'il ne le pensait s'allongea et finalement il s'endormit avant même que Lenir ait fini de débarrasser tous les restes du repas. Celui-ci sourit et sortit de la chambre.

Arashi et Angel se retrouvèrent le lendemain devant la porte du conseil. Le garde les fit entrer. Les membres qui semblaient être en grandes discussions s'arrêtèrent soudainement de parler et les regardèrent entrer. Arashi se dirigea aussitôt vers son père qui lui aussi portait son voile. Le représentant des Erasy se présenta devant Arashi.

— Au nom de mon peuple, je tenais à vous remercier d'avoir sauvé l'un des nôtres au péril de votre vie. Nous vous en serons éternellement reconnaissants.

— Je n'ai fait que mon devoir, répondit Arashi.

— Votre fils est digne d'un représentant du peuple des dragons, dit le représentant des Erasy en saluant le roi et Arashi et retournant à sa place.

Tous les membres un par un vinrent, le saluer. C'est à ce moment-là qu'Arashi aperçut un des prêtres du sanctuaire. Celui-ci prit la parole lorsque le silence fut revenu.

— Nous avons décidé, en commun accord avec le peuple Erasy que pour sa sécurité dame Angel devait temporairement vivre au sanctuaire avec nous.

— Très bien, dit le roi, dans ce cas je demanderais à un de nos dragons de se porter volontaire pour vous escorter en toute sécurité.

— Je me porte volontaire, annonça Daguelia en faisant un pas en avant au grand étonnement de tous.

— J'espère que tu ne m'en veux pas, demanda-t-elle mentalement à Arashi.

— Non, je pense au contraire que je me sentirais mieux si c'est toi qui t'en occupes. Mais ta blessure ?

— Oh, je ne sens presque plus rien grâce à ton soigneur. Il m'impressionne ce petit. Il a une phobie des dragons, mais a tenu à me soigner personnellement.

— Lenir ? s'étonna Arashi.

Décidément, cet homme le surprenait de plus en plus. Lui qui avait entendu dire qu'il avait fallu le traîner de force pour le faire monter sur un dragon il n'y avait pas si longtemps !

Beaucoup de représentants commencèrent à sortir de la salle au grand soulagement d'Arashi. Ils voulaient simplement le saluer pour son exploit. Lui qui croyait avoir droit à un sérieux sermon. Le prêtre se retourna vers Angel et lui dit :

— Nous pouvons partir dans ce cas.

— Je souhaiterais remercier le prince en privé, dit-elle. Tout le monde sortit en silence. Y compris le roi sorti non sans lancer un regard à son fils. Arashi et Angel se retrouvèrent seuls dans cette vaste salle.

— Je vais devoir repartir, dit-elle en le regardant dans les yeux avec une certaine tristesse.

— Je le crois aussi. Mais au moins, vous serez en sécurité. Tant que l'on ne sait pas pourquoi ils voulaient vous enlever, c'est préférable.

Angel s'approcha d'Arashi qui ne savait plus quoi faire en sa présence. Son corps réagissait toujours étrangement et c'était de pire en pire lorsqu'elle s'approchait trop près. Sans s'en rendre compte, il fut acculé au mur et avant même qu'il ne puisse faire quoi que ce soit elle lui enleva son voile délicatement et son regard plongea dans le sein. Il fut tellement surpris qu'il resta pétrifié. Elle lui déposa un rapide baisé sur la bouche.

— Je vous promets qu'on se reverra, dit-elle avant de partir sans se retourner.

Il resta là un bon moment sans trop comprendre ce qui venait se passer. Son cœur battait si vite, comme lorsqu'il combattait. Il leva sa main et se toucha la bouche.

Que voulait dire ce geste ? se demanda-t-il.

7

Arashi se prit un autre coup. Son épée vola à travers la salle d'entraînement.

— Vous pouvez me dire ce qui se passe en ce moment ? lui cria Enrich le laissant reprendre son épée. Vous n'êtes pas du tout à ce que vous devez faire !

Arashi se remit en position.

— Non ! C'est terminé pour aujourd'hui, je vais demander à Lenir de vous examiner et de vous tenir tranquille pendant quelques jours.

Enrich sortit de la salle d'entraînement sans attendre une éventuelle explication ni protestation. Arashi enleva les diverses protections et soupira. Depuis qu'Angel était partie, il ne pensait qu'à elle. Il ne comprenait rien. Pourquoi une femme hantait-elle son esprit. De plus, il avait des rêves étranges avec elle et il se levait précipitamment prendre un bain ensuite. Non il ne comprenait rien de tout ça. Une fois son matériel rangé il sortit. Il ne voulait certainement pas rencontrer Lenir. Il sella son cheval et sortit faire un tour à l'extérieur.

Enrich entra dans le bureau du roi. Celui-ci comprit à son regard qu'il y avait un problème.

— Racontez-moi, il s'agit de mon fils ? demanda-t-il sachant que normalement à cette heure-là ils s'entrainaient ensemble. Il avait le regard sur un plan détaillé de la région.

— Je le crains oui, commença Enrich en tournant en rond dans la pièce. Depuis qu'il est revenu de cette excursion, il n'est pas à ce qu'il fait, Il semble avoir la tête ailleurs, j'ai l'impression de m'entrainer avec un débutant !

— Depuis qu'il est revenu… après avoir sauvé Angel ? demanda le roi en levant les yeux sur Enrich.

— Oui, c'est ça, confirma Enrich en s'arrêtant subitement de tourner en rond et regardant le roi. Non ! Ne me dites pas que…

— Ce sont tous les symptômes, je suis moi-même passé par là, dit-il en souriant. Et vous aussi il me semble.

— Mais Dame Angel est la princesse du peuple des Erasy et…

— L'amour ne prévient pas. Faites-moi venir ce Serve ici, j'ai bon nombre de questions à lui poser, concernant l'éducation de mon fils. J'ai bien peur que nous ayons un sérieux problème à ce sujet. En attendant, laissez-le tranquille un certain temps le temps que j'y vois plus clair. À mon avis, il ne va pas se confier aussi facilement dans ce domaine.

— Je l'ai envoyé se reposer et ordonner à Lenir de veiller sur lui.

— Hum, connaissant Lenir il ne va pas le lâcher, ça devrait l'occuper un certain temps.

Enrich comprit que l'entretien était fini et sortit pour aller chercher ce Serve. Il revient une heure après accompagné de celui-ci. Bien Évidemment, Enrich et le roi avaient mis leur voile.

— Vous souhaiteriez me voir, demanda Serve en saluant le roi.

— Oui en effet. C'est à propos de mon fils. Vous avez bien fait votre travail en l'éduquant comme vous l'avez fait. J'ai retrouvé un fils, fort et visiblement courageux. Peut-être un peu trop entreprenant concernant l'art de se battre, mais bon...

— Votre fils l'était déjà auparavant, confia Serve.

— Lui avez-vous appris quelque chose concernant les femmes ?

Serve fut tout d'abord surpris par la question. Mais il se souvient que finalement Arashi n'avait jamais été en présence d'une femme à part celle qui l'avait élevé jusqu'à l'âge de ses six soleils. Il secoua négativement la tête.

— Je vois le problème, répondit finalement Serve. Votre fils a toujours été entouré d'homme et finalement n'a jamais rencontré de femmes. Nous n'avons pas abordé le sujet non plus. Nous n'avions pas pensé à cette éventualité-là et je m'en excuse sincèrement.

— Vous n'avez pas à vous excuser. Vous avez veillé à sa sécurité et je vous en serai éternellement reconnaissant.

— Je n'ai fait que mon devoir.

— Et vous l'avez admirablement bien fait. Pour le reste, il l'apprendra bien assez tôt et nous l'aiderons. Je voulais juste avoir une confirmation.

Serve comprit que l'entretien était terminé et suivit Enrich. Le roi se tourna vers la fenêtre et regarda le ciel. Un moment plus tard, Enrich était revenu visiblement inquiet.

— Votre fils est visiblement parti seul à cheval dans la région.

— S'il n'est pas revenu d'ici deux bougies graduées, vous lancerez les recherches. Où est Daguelia ?

— Elle est partie depuis une nuit entraîner les nouveaux dragons.

— Elle n'a pas pu donc s'apercevoir du problème.

Arashi venait de se faire un long galop. Cela lui fit le plus grand bien. Mais en voulant revenir sur ses pas, il s'aperçut qu'il ne retrouvait plus son chemin. Cela faisait une bougie graduée qu'il tournait en rond.

— C'est bien ma veine, se dit-il en colère. Que vont-ils penser de moi maintenant. Déjà, que j'ai mis Enrich en colère. Et me voilà maintenant perdu comme si j'étais un débutant !

Il s'apprêtait à prendre un autre chemin lorsqu'il ressentit une vive douleur sur le côté.

— Daguelia ! Il se connecta à son esprit. Il comprit aussitôt ce qu'il se passait elle était sur le point de revenir lorsqu'elle était tombée sur plusieurs dragons de fortes tailles. Daguelia était la plus grande dragonne de la cité. Mais ceux-là semblaient tout aussi grands et en plus c'était des mâles ! Arashi partit au galop dans l'espoir d'arriver à temps. Daguelia continuait de lutter. Arashi sentit plusieurs autres douleurs moins fortes certes, mais cela faisait quand même très mal. Il arriva subitement au milieu d'une clairière et aperçu Daguelia plaqué au sol par une sorte de filet. Plusieurs autres dragons étaient au sol devant elle. Il arriva en trombe au galop et se positionna entre le plus grand des dragons et elle.

— Arashi non ! Je suis perdu sauve ta vie !

— Non ! dit-il. Il n'en est pas question ! Toi et moi jusqu'à la mort ! Tu te souviens ?

Arashi descendit de cheval et le fit partir au loin espérant que lui au moins il puisse s'en sortir. Si cela devait finir ainsi et bien tant pis. Mais elle ne mourait pas toute seule !

— Et tu crois faire quoi gamin avec cette ridicule épée, lança l'énorme dragon en le fixant étrangement de ses grands yeux sombres.

— Je ne pourrais peut-être pas vous tuer. Vous me tuerez sans doute le premier, mais je ne laisserais personne toucher à Daguelia tant que je serais encore en vie !

— Tu serais prêt à mourir pour ta dragonne ?

— Sans hésitation ! Nous sommes liés ! Et c'est pour la vie !

Le dragon s'approcha comme s'il allait le dévorer. Il le titilla un peu avec son museau. Arashi réussit à le maintenir en retrait quelques instants. Mais le dragon passa à l'attaque subitement et le plaqua au sol lui infligeant une légère blessure au bras qu'il lécha délicatement. La blessure se mit à le brûler, mais Arashi retient son cri.

— Arashi ! Non ! Je t'en prie ! Tu dois vivre ! criait désespérément Daguelia. Tu es le prince de la cité des dragons ! Tu dois vivre !

Arashi tenta désespérément de se dégager. C'est là que le dragon aperçut son pendentif. Celui-ci s'était dégagé alors qu'il tentait de se dégager de ses griffes.

— Tu es vraiment prêt à mourir pour elle ! constata le dragon noir. Toi, un simple humain !

— Je suis qu'à moitié humain, lança avec défiance Arashi. L'autre moitié vient de l'empire des dragons.

Contre toute attente, le dragon noir s'inclina devant Arashi. Il retira des griffes et recula. Les trois autres libérèrent aussitôt Daguelia.

Arashi se précipita sur elle pour constater les dégâts.

— Nous allons t'aider à la soigner, dit l'étrange dragon à Arashi. Demain, elle ira beaucoup mieux. Et nous te soignerons également.

— Tu y comprends quelque chose, demanda Arashi à Daguelia mentalement.

— Ce sont des dragons rebelles. Je me demande bien ce qu'ils font dans cette région. Mais ils auraient dû nous tuer. Je ne comprends pas.

— Des rebelles ?

— Oui ceux qui refusent d'être montés par des humains ou autres, ceux qui veulent demeurer libres.

— Ta dragonne ne pourra pas te porter, je me propose de le faire, enfin si tu acceptes. Nous devons nous mettre à l'abri pour la nuit.

Arashi n'eut pas d'autre choix que de grimper sur son dos, ce qui ne fut pas évident vu qu'il n'avait pas de harnachement. De plus, il commençait à avoir de légers vertiges depuis peu. Les autres dragons réussirent à transporter Daguelia. Ils volèrent un bon moment avant d'atterrir en hauteur sur le flanc d'une montagne. Arashi constata avec effroi qu'il y avait d'autres dragons rebelles et il espérait que cela ne soit pas un piège. Ils entrèrent dans la grotte. Arashi attendit que le grand dragon s'arrête avant de descendre. Il suivait Daguelia des yeux.

— Tout va bien, lui dit-elle mentalement. Ce sont des rebelles, ils sont la réputation d'être cruel, mais ils tiennent parole.

Le grand dragon alluma un feu avec sa bouche au centre de la grotte et invita Arashi à s'asseoir. Celui-ci s'exécuta non sans quelques inquiétudes. Il observa ce grand dragon noir. Il le trouvait magnifique finalement.

— Comme ta dragonne semble être la reine de son groupe, je suis le roi du mien. Je me nomme Zokugun.

— Pourquoi nous avoir contactés, demanda soudain Daguelia qui s'était rapprochée avec difficultés.

— Je vais tous vous expliquer, dit soudain une voix. Un homme muni d'un bâton pénétra dans la grotte. Il était habillé similairement aux prêtres du sanctuaire, mais semblait avoir un âge beaucoup plus avancé. Il vint s'asseoir proche d'Arashi et déballa quelques ustensiles. Il prépara plusieurs boissons. Il en tendit une à Arashi.

— Faites boire ceci à votre Dragonne, cela l'aidera à se sentir mieux et vous passerez une pâte spéciale sur ces blessures.

Arashi s'exécuta. Lorsqu'il eut fini, le prêtre lui tendit de quoi manger et se mit à soigner sa blessure au bras. Lorsqu'il eut fini, il s'assit en face d'Arashi.

— Maintenant, nous pouvons commencer, dit-il. Lors de la dernière bataille, comme vous devez le savoir les humains, du moins certains ont trahi la cité des dragons. Cela a eu pour conséquence la division des dragons en deux groupes. Ceux qui continuaient à servir les peuples et ceux qui décidèrent de vivre loin de tout peuple. Cela va sans dire qu'une guerre éclata entre les deux clans. Une guerre particulièrement sanglante. Puis les rebelles se retirèrent vivre loin de ses contrées. Plusieurs chefs se succédèrent et ils vécurent en toute tranquillité jusqu'à récemment. L'empire des ombres possède aussi ses propres dragons. Mais il les a sélectionnés afin qu'ils soient plus dociles. Ils sont donc plus petits, mais plus rapides et parfois tout aussi dangereux en groupes. Récemment, les nids des dragons rebelles ont été pillés et beaucoup de nos jeunes ont disparu. Nous avions dans un premier temps soupçonné les humains, voire même votre cité. Mais après enquête, il s'avère que c'est l'empire des ombres qui auraient commandé ces attaques.

— Ils ont aussi voulu enlever une femme de l'un de nos alliés.

— Une femme ? Juste une femme ?

— Oui, nous n'avons toujours pas compris pourquoi.

— L'empire des ombres a une longueur d'avance sur nous. Il possède une sorte de mage qui peut prévoir certaines choses du futur. Ces actions sont loin d'être anodines bien au contraire. Récemment, ils ont réussi à dépouiller le nid de plusieurs d'entre nous. Zokugun souhaiterait vous demander de l'aide pour les retrouver. Zokugun pense que les rebelles vont devoir se joindre à vous pour la bataille contre l'empire. Mais il redoute votre réponse.

— Je pense que nous devons tous combattre, pour notre propre liberté à tous et pour nos terres. Pour que tous puissent enfin vivre non seulement libre, mais aussi en paix, répondit Arashi.

Le prêtre paru surpris et satisfait de sa réponse.

— Vous êtes assurément un bon prince.

— Il y a une chose que je ne comprends pas. Si les rebelles avaient choisi de vivre en dehors de tous les peuples existants, que faites-vous avec eux ?

— Oh, ça, c'est une longue histoire. Je suis leur soigneur attitré et je suis ce qu'on pourrait appeler un homme sage, dit-il en souriant. Vous devez tous vous reposer, demain sera un jour fort chargé et tout le monde aura besoin de ses forces.

D'une main, il fit baisser le feu. Arashi s'allongea auprès de Daguelia. Le prêtre lui, se mit près de Zokugun. Arashi se posait des tas de questions. À la cité, ils devaient tous être inquiets et être partis à sa recherche. Cette fois il allait se prendre un sacré savon… Il ne tarda pas à s'endormir. Daguelia tenta également de garder un œil ouvert, mais elle sombra dans le sommeil également. Ils furent réveillés le matin par le prêtre qui leur servit une autre boisson et un repas complet pour Arashi. Daguelia se sentait visiblement en pleine forme. Ils se préparèrent donc à partir. Lorsque le prêtre interpella Arashi. Il lui donna plusieurs lances et un arc et des flèches.

— Cela va certainement vous servir, dit-il en grimpant sur l'un des dragons. Arashi l'observa d'un air suspicieux et grimpa également sur le dos de Daguelia. Ils avancèrent jusqu'à l'entrée de la grotte et elle décolla. Elle se mit en tête avec Zokugun. C'est là qu'Arashi aperçut son harnachement et les armes du prêtre. Il leur sourit et prit la tête en direction de la cité. Ce qui impressionna Arashi ce fut le nombre de dragons qui se joignirent à eux. Ils étaient tous aussi grands que Daguelia et certains avaient la même couleur feu sur leur ventre. Arashi ne put les compter tellement il y en avait cela allait être vraiment impressionnant de voir une masse entière de dragons en plein vol. Et Arashi était en tête de cortège avec Daguelia et Zokugun et celui du prêtre. Curieusement, personne ne passa devant.

Ils volèrent ainsi un bon moment.

— Il doit sûrement savoir quelque chose qu'il ne nous a pas dit, dit Daguelia mentalement à Arashi.

— Je pense aussi, répondit Arashi qui regarda dans la direction du prêtre. Celui-ci tourna son regard dans sa direction et se mit à sourire. Arashi aperçut un autre groupe de dragons qui les rejoignit. L'un d'eux semblait avoir une discussion avec Zokugun. Celui-ci changea de cap et le groupe se sépara en quatre. Ils partirent tous chacun dans une direction différente. Zokugun se dirigea vers le sol et se posa dans un endroit bien dégagé. Tous le suivirent même Daguelia.

— Nous devons patienter quelques instants le temps que notre plan fonctionne, informa le prêtre.

— Arashi ! dit soudain Daguelia. La cité est attaquée !

— Nous devons partir, cria soudain Arashi, nous…

— Votre cité est attaquée, nous le savons. C'est pour ça que j'ai fait diviser notre groupe en quatre. Nous allons les surprendre en arrivant tous par quatre directions différentes ainsi ils seront non seulement surpris, mais aussi mis en déroute.

— Pourquoi ne nous l'avoir pas dit ! cria Arashi soudain en colère.

— Pour vous empêcher de faire ce que vous vous apprêtiez à faire jeune homme. Que croyez-vous faire tout seul contre une armée de dragons ? Vous avez appris toutes les techniques de bataille chez les humains ! Alors, servez-vous-en ! D'autant plus que vous avez l'avantage avec nous.

Arashi baissa la tête. Le prêtre avait raison. Il se serait certainement fait tuer en agissant ainsi. En plus, il aurait entraîné sa dragonne avec lui.

— Je vois que vous avez enfin repris vos esprits, fit le prêtre. Nous pouvons y aller dans ce cas.

Sans plus attendre Zokugun décolla. Daguelia le suivit et fut aussitôt suivi par tout le groupe. Ils prirent la direction de la cité. Arashi comprit qu'ils allaient arriver directement par l'entrée principale. Le prêtre avait certainement prévu tout cela. Daguelia se positionna au côté de Zokugun. Celui-ci se mit à accélérer. Daguelia le suivit. Arashi regardait droit devant, et au bout d'un moment, il aperçut le ciel devant lui. Il y avait une grande partie qui était sombre et cela semblait bouger. En se rapprochant, il put distinguer des formes sombres volantes qui semblaient s'affronter.

— Faites attention à partir de maintenant ça va être très violent ! leur cria le prêtre.

Arashi eut à peine le temps de voir les trois autres groupes qui arrivaient. Ils se jetèrent sur l'ennemi sans hésiter et le choc fut parfois très violent. Beaucoup de formes tombèrent dans le vide. Arashi put voir la violence du combat des membres déchiré des cris atroces. Il ne put en voir davantage. Daguelia se jeta également dans la bataille. Ils reçurent plusieurs chocs. Daguelia avait appris à Arashi à se tenir aussi bien lorsqu'elle se retournait ou prenait un envol fort disgracieux. Arashi prit tantôt une lance tantôt son arc et réussi à faire chavirer plusieurs ennemis. Sans leurs maîtres les dragons de l'ombre ne savaient plus quoi faire et devenaient de ce fait une proie relativement facile. Beaucoup périrent. Arashi venait de finir d'abattre un autre ennemi lorsqu'il aperçut Enrich avec son dragon en difficulté celui-ci semblait avoir bon nombre de blessures. Daguelia comprit aussitôt et se jeta sur l'un d'eux. Enrich réussit à abattre l'autre.

— Je me demandais quand est-ce que tu allais arriver lui cria-t-il.

— J'ai invité du monde à votre petite fête, ça ne vous dérange pas ?

— Pas le moins du monde bien au contraire, ils sont tous les bienvenus !

Ils ne purent continuer leur conversation. Ils furent séparés par de nouveaux assaillants.

8

Arashi mit un moment à reprendre ses esprits. La bataille avait duré toute la journée et une partie de la nuit. Ils étaient exténués. Il avait pris également plusieurs blessures comme Daguelia. Ils s'étaient posés sur la place devant le palais. Mais ce qui l'inquiéta le plus c'était ce drapeau noir qui avait soudain surgi du palais. Son cœur battait la chamade et il sentait que quelque chose de grave venait de se passer. Ce fut lorsqu'il aperçut le dragon de son père visiblement mort qu'il comprit.

— Non ! cria-t-il en descendant rapidement du dos de Daguelia et se précipitant vers le palais.

Il courut à travers les couloirs et les escaliers. Il vit plusieurs personnes en pleurs. Il entra précipitamment dans la chambre et c'est là qu'il l'aperçut. Son père était allongé sur son lit. Il y avait beaucoup de sang. Lenir et d'autres soigneurs étaient près de lui. Lenir le regarda d'un air suppliant et secoua la tête gravement. Ils laissèrent Arashi s'approcher du lit et s'éloignèrent.

Enrich était également en pleur.

— Je suis sincèrement désolé, dit-il à Arashi.

Ils le laissèrent seul avec le roi.

— Mon fils, je crains que tu deviennes roi plus tôt que prévu finalement.

— Ne dites pas ça père ! pleura Arashi.

— Enrich te sera d'un grand secours. Il connaît tout ce qu'il doit t'apprendre. Tu dois protéger la cité à tout prix. J'ai entendu dire que tu avais ramené les dragons rebelles en renfort. Personne n'a jamais réussi à les faire revenir. Tu dois être un bon meneur.

— Je n'ai rien fait père, ce sont eux qui m'ont proposé de venir.

— L'empire des ombres n'en restera pas là. Ils ont perdu une bataille certes, mais ils n'ont pas perdu la guerre. Ils nous ont simplement testés. La prochaine sera encore plus dure tu dois t'y préparer.

— Père !

— Promet moi, promet moi de tout faire pour protéger cette cité.

— Je te le promets père.

— Je t'aime, mon fils.

Ce fut les derniers mots du roi.

— Non ! Père ! Tu ne dois pas partir ! Pas comme ça ! J'ai besoin de toi ! On a tous besoin de toi ! Père ! Père !

Arashi pleura longuement en serrant son père dans les bras.

Ce fut plusieurs heures après, lorsqu'il était complètement exténué et sans force qu'ils vinrent le chercher. Lenir lui fit respirer un tissu mouillé et Arashi s'écroula de tout son long. Il se réveilla le lendemain tel un mort vivant. Il ne comprit pas très bien sur le coup ce qui se passa par la suite. La cité avait pour coutume un deuil de trois jours lorsqu'un membre important venait à mourir. Enrich et Lenir prirent tout en charge, de l'enterrement au couronnement. Arashi était comme drogué. Il était là sans être là et ne vit que tout ça de loin, même s'il était parfaitement présent aux premières loges de surcroît. Son esprit était comme embrumé. Pourtant il ressentait la douleur. Cette douleur était terrible. Il se rendit compte qu'il n'avait pas passé beaucoup de temps avec son père. Ils se connaissaient à peine. Ce fut encore plus terrible lorsqu'il vit son père dans le cercueil. Il semblait dormir. Et pourtant Arashi savait que c'était la dernière fois qu'il verrait son visage. Après il ne le verrait plus, il n'entendrait plus sa voix. Daguelia s'inquiétait pour lui et dû intervenir auprès d'Enrich et de Lenir pour les convaincre de faire quelque chose. Il y avait eu bon nombre de blessés et de morts. Tous s'attelaient à faire en sorte que la cité redevienne comme si rien ne s'était passé. Arashi ne mangeait plus et ne dormait plus, ils l'avaient d'ailleurs mis sous surveillance dans ses quartiers. Bien souvent il tournait en rond dans sa chambre en réfléchissant ou pleurait en silence. Lorsque Lenir put enfin se dégager pour s'occuper de lui il ne prit pas de gants. Il le fit dormir de force en lui faisant avaler une de ces potions. Arashi dormit ainsi trois jours entiers.

À son réveil il trouva le prêtre et Lenir à son chevet. Son esprit était encore embrumé. Mais la douleur était revenue.

— Je vois que vous semblez aller un peu mieux, fit le prêtre.

— J'ai dormi combien de temps ?

— Trois jours entiers et trois nuits.

Arashi s'apprêta à se lever.

— Vous êtes sûr de pouvoir vous lever ?

— Je ne vais pas attendre que l'empire revienne pour me lever, dit Arashi qui était déjà debout.

Il se dirigea sans attendre dans la pièce d'à côté et en ressortit quelques minutes plus tard fraîchement lavé et habillé.

— Lenir, faites convoquer l'assemblée, je veux que tout le monde soit présent dans une heure. Faites venir aussi le commandant Serve.

— Entendu, fit celui-ci, mais auparavant vous devez aller manger.

— Je m'en occupe dit le prêtre.

Lenir sortit. Arashi se demandait bien ce qu'avait fait ce prêtre pour que Lenir accepte qu'il s'occupe de lui personnellement. Il lui rapporta un copieux repas et veilla à ce qu'Arashi mange plus qu'il ne l'aurait souhaité.

— Vous devez reprendre des forces, si vous voulez reprendre le dessus et battre l'empire.

Arashi ne dit pas un mot. Lorsqu'il eut fini, il se précipita dans la salle du conseil, mais Enrich l'interpella.

— Arashi, je dois te dire une chose importante avant de commencer le conseil.

— Ça ne peut pas attendre ? demanda celui-ci impatient d'en finir.

— Non, parce qu'il s'agit de ton père.

Il l'entraîna dans la bibliothèque qui était vide.

— Arashi, il faut que tu saches que ton père n'est pas mort des suites de ses blessures. On l'a assassiné.

— Assassiné ? Mais il avait plein de sang !

— C'était le sang de son dragon pour la plus grande partie. Lorsqu'il est revenu au palais quelqu'un l'a poignardé avec un couteau. Et à poignarder son dragon auparavant.

— Un simple couteau ne peut pas tuer un dragon !

— Un couteau avec un fort poison, si.

Arashi regarda Enrich.

— Il y a un ennemi dans le conseil. Un ennemi puissant qui se cache. Fais attention Arashi. Parce que maintenant c'est après toi qu'il en aura. La cité serait menacée si tu mourais et qu'il n'y a pas de descendants.

— Très bien, fit Arashi dans ce cas on va lui tendre un piège.

Arashi et Enrich entrèrent ensemble dans la salle du conseil. Daguelia était déjà présente au côté de Zokugun.

— Comment tu te sens, demande-t-elle mentalement.

— Je t'avouerai que je n'en sais rien. Mais de toute façon, je ne vais pas attendre éternellement pour protester.

Lorsqu'Arashi prit la place de son père, tous se turent.

— L'empire a peut-être perdu une bataille, mais il a gagné la mort de mon père. La mort de notre roi. Je propose qu'on riposte en lui portant un coup plus que fatal.

— Vous voulez qu'on attaque l'empire directement ? fit le représentant des elfes. Vous n'y pensez pas sérieusement ?

— La mort de votre père vous a obscurci l'esprit ! C'est une folie ! répondit le représentant des Erasy.

— Moi je suis d'accord, fit un autre. On ne va pas attendre à chaque fois qu'il vienne nous chercher.

— Oui, allons leur régler leur compte !

— Doucement, dit Arashi. On ne va pas foncer tête baissée. Cela nous conduira fatalement à notre perte. J'ai appris récemment par le chef rebelle que l'empire enlevait de jeunes dragons et pillait le nid de leurs dragonnes.

— En quoi cela nous concerne-t-il ? demanda l'un des représentants.

— S'il convertit ces jeunes dragons à leur cause, cela deviendra un grand problème pour nous. Nos dragons sont à la fois indépendants, mais aussi plus robustes. Leurs dragons sont plus petits, plus malléables, mais plus fragiles. Surtout lorsqu'ils sont seuls et séparés de leur maître. Nous ne devons pas leur laisser copier notre avantage. Imaginez si nous devions combattre des dragons semblables aux nôtres. J'ai appris qu'ils retiennent prisonnier ces dragons non loin des montagnes du nord. Zokugun prit un air fort étonné et faillit ouvrir la bouche avant que Daguelia ne l'en empêche. Elle avait compris ce que voulait faire Arashi et en informa Zokugun mentalement. Heureusement, certains prirent son mouvement comme un dragon qui avait du mal à tenir en place. D'autant plus que c'était la première fois que celui-ci assistait à un conseil de ce type.

— Vous n'allez tout de même pas envoyer une troupe pour sauver ces dragons rebelles ? lança le représentant des Orgons.

— Ces dragons rebelles comme vous dites viennent de nous sauver la vie ! Et ils se proposent de se battre avec nous contre l'empire, répondit sèchement Arashi. Demain, je vais partir avec une petite troupe en direction de ces montagnes.

— Une petite troupe ? demanda Enrich. Mais votre sécurité ?

— Justement, une petite troupe sera plus discrète. J'ai pris ma décision. En attendant Enrich, je veux que tu t'occupes de la cité. Vous allez préparer celle-ci en cas d'attaque. Nous ne serons pas surpris comme pour la première fois. Cette fois nous les attendrons de pied ferme. La séance est levée !

Arashi n'attendit pas que certains viennent l'interpeller pour contester ses décisions. Il sortit précipitamment avec Enrich sur les talons. Ils se retrouvèrent dans le bureau de son père et réglèrent les derniers détails.

Un peu plus tard Arashi se rendit sur la tombe de son père non loin du palais. Le soleil commençait à se coucher. Daguelia et Zokugun se trouvaient non loin. Enrich avait ordonné à tous de le surveiller de sorte qu'il ne soit jamais seul. Il était donc constamment surveillé.

Le lendemain Arashi sortit de la cité au galop sur Khan. Il était accompagné d'un petit groupe de cavalier. Sur les remparts un homme observait le départ avec attention. Ce qui l'intrigua c'est le camp des humains qui s'était déplacé un peu plus loin. De la cité il ne voyait que des ombres. Il se retourna et entra dans la cité. Un moment après personne n'aperçut le simple vol d'un pigeon voyageur qui sortait de la fenêtre d'une des chambres des invités. Personne, à part un cavalier qui attendait quelque chose. Il était caché près du début du bois voisin. Il partit également lui aussi au galop.

Arashi prit un sentier plus discret et retrouva Serve un peu plus loin.

— Il semblerait que tu aies raison. L'un des traîtres vit au palais. Il vient d'envoyer un message par pigeon voyageur. Un des dragons le suit de loin pour voir où il va.

— Très bien, on suit le plan initial, fit Arashi qui repartit au galop dans l'autre sens. Il se dirigea vers les montagnes du nord. Il continua seul laissant le groupe de cavaliers en retrait. Il marchait au pas épiant le moindre bruit. Comme il s'y attendait, rien ne se passa le premier jour. Il était constamment en contact avec Daguelia. Ce fut le troisième jour alors qu'il atteignait le pied des montagnes qu'il se retrouva suivi par un groupe de mercenaires du même type que ceux qui l'avaient rencontré auparavant. Il les attendit de pied ferme. La bataille fut un peu plus rude qu'il n'y aurait pensé. Il reçut également une blessure au flanc droit. Il réussit tant bien que mal à stopper le sang de couler. Il remonta difficilement sur Khan et repartit. Les mercenaires avaient tous été tués. Il avait réussi à en garder un vivant pour tenter de le faire parler. Mais il semblait que même eux ne savaient pas qui était leur commanditaire. Ils devaient simplement livrer le paquet à un jour d'ici un peu plus à l'est. Il rassura Daguelia et décida de voyager de nuit pour gagner du temps. Il aperçut un peu plus tard les traces d'une bataille récente. Tout avait été nettoyé, excepté les traces sur le sol. Arashi était exténué. Sa blessure lui faisait mal. Mais il continua en suivant les traces. C'est là qu'il aperçut le camp. Ils ne semblaient pas craindre quoi que ce soit vu que leu feu de camp était bien apparent. Il reconnut cependant les chevaux de la cité parqués au loin. Ce pouvait-ils qu'ils avaient été capturés ? Sa vue devint trouble. Il se ressaisit. Sa monture était tout aussi épuisée. Il descendit et la cacha un peu plus loin. Il fit le tour en silence du camp pour voir de quoi il en retournait. Ennemi ou ami ? Il s'appuya contre un arbre. Il se sentait mal subitement. Sa vue devint trouble et il avait des vertiges. Lorsqu'il sentit une lame plaquée sur son cou.

— Et les gars, j'ai trouvé une surprise ici ! cria l'homme en le ramenant de force en plein milieu du camp.

— Ça pour une surprise c'est une surprise, fit un autre qu'Arashi ne reconnut pas.

C'est alors que Lenir apparut sortant d'une des tentes. Il fit de gros yeux en l'apercevant.

— Lâchez-le ! C'est Arashi ! Bandes d'idiots ! Les hommes hésitèrent un instant.

— Mon Dieu vous êtes blessé ! dit Lenir en se rapprochant rapidement.

Les hommes ne bougèrent pas d'un poil.

— Mais lâchez-le bon sang ! Vous voyez bien dans quel état il est ! Il n'ira pas loin de toute façon !

Ils le lâchèrent si subitement qu'Arashi se retrouva à genoux au sol. Lenir se précipita vers lui et inspecta ses yeux.

— Aidez-moi à l'emmener dans la tente, leur cria-t-il. Arashi ne se souvenait pas avoir entendu crier Lenir une seule fois depuis qu'il le connaissait, et encore moins donner des ordres de la sorte. Ils le transportèrent sur un lit de fortune sous la tente. Lenir mit tout le monde dehors et se mit à le déshabiller pour examiner ses blessures. Arashi voulut se lever, mais celui-ci lui fit sentir quelque chose de fort. Arashi eut encore plus de vertige et s'écroula sur le lit. Il commençait à ne plus pouvoir bouger. Pour la première fois, cela l'inquiétait. Quelque chose ne tournait pas rond. Il sentait la peur l'envahir. Cette peur qu'il reconnaissait fort bien. Il se sentait en danger. Il ne comprenait pas pourquoi. Il était avec Lenir. Comment pouvait-il se sentir en danger ?

— Bon maintenant vous allez vous tenir enfin tranquille ! Je ne vais pas pouvoir vous soigner autrement ! Ni vous préparer.

Arashi fut totalement surpris par le ton employé. Ça ne ressemblait pas du tout au Lenir qu'il connaissait. Il luttait pour ne pas dormir.

— Comment êtes-vous arrivé ici ? réussit à dire Arashi. Il se souvenait soudain que Lenir n'était pas prévu dans ses plans.

— Que croyez-vous, on vous attendait ! fit celui-ci. On ne vous attendait pas aussi tôt et certainement pas tout seul.

— Vous m'attendiez ? demanda Arashi de plus en plus inquiet voyant Lenir préparer un autre produit.

Cela l'inquiéta encore plus, d'autant plus qu'il commençait déjà à ne plus pouvoir bouger.

— À oui, je vois que vous n'avez toujours pas compris en fait, je suis au service de l'empire, dit-il préparant sa potion et mouillant un tissu propre. Je devais vous capturer et vous ramener en vie. L'ennui c'est qu'avec la liaison imprévue de votre dragon ça prit plus de temps. Plus de temps que prévu en réalité. Nous avons dû concocter un autre plan. Mais bon, ce n'est pas grave une fois que je me serais bien occupé de vous, la liaison avec Daguelia ne fonctionnera plus du tout. Et vous serez totalement à notre merci. Sur ce je vous dis bonne nuit. Lenir posa le tissu sur le visage d'Arashi. Celui-ci tenta en vain de résister et la seule chose qu'il aperçut avant de sombrer ce fut le visage souriant Lenir.

9

Arashi était perdu. Non seulement il ne pouvait plus contacter Daguelia, mais en plus il était complètement paralysé. Son corps refusait totalement de bouger. De plus, il vaquait entre demi-conscience et inconscience. Lenir lui faisait boire ou sentir cette étrange potion qui le maintenait ainsi en état végétatif. Ils n'avaient de ce fait même pas besoin de le surveiller de près. Il entendait parfois leur voix et cela lui faisait froid dans le dos. Ils s'étaient tous fait berner. Tous sans exception. Tout cela avait été planifié afin de pouvoir le capturer. Il se demandait bien pourquoi l'empire des ombres le voulait vivant. Cela lui aurait été d'autant plus facile de le tuer maintenant qu'il était totalement impuissant. Non il ne comprenait pas. Il avait la peur au ventre et bouillonnait d'entendre rire Lenir se vanter de la façon dont il s'était jeté dans la gueule du loup si bêtement. Il l'entendait se vanter que le maître allait le féliciter pour ses exploits. Le voyage lui sembla durer une éternité. Il ne se réveilla que bien plus tard avec toujours le cerveau aussi embrumé. Il sentit un peu de chaleur. Il se trouvait dans un fauteuil. Lorsqu'il ouvrit les yeux, la première chose qu'il aperçut c'est Lenir. Celui-ci lui inspecta les yeux.

— Aucun problème il ne pourra pas bouger de sitôt ! fit celui-ci laissant la place à un être tout aussi grand qu'Arashi.

Il était tout en noir et le regard mauvais. Il défia du regard Arashi.

— Alors c'est ce morveux-là que tout le monde craint ? Pff… Il n'a pas l'air bien méchant si vous voulez mon avis.

— Tant que je lui administre cette drogue, vous ne risquez absolument rien, l'informa Lenir.

— Je crois qu'on va bien s'amuser en fait. Où en êtes-vous de la création de cette nouvelle formule ?

— Ça avance, il me manquera plus que des cobayes bientôt pour faire mes premiers essais.

— Bien, vous pouvez le mettre avec les autres dans les cachots. Maintenez-le en vie juste ce qu'il faut pour vos expériences.

Arashi sentit qu'on le transportait sans ménagement. Il fut jeté dans un cachot fort humide. Il resta un bon moment là sans trop comprendre ce qui était en train de se passer. Il ne pouvait toujours pas bouger. Il tenta de réfléchir. Lenir était au service de l'empire depuis le début ? Non, ça il ne le croyait pas. Quelque chose devait certainement avoir eu lieu. Oui, il se souvient subitement qu'il avait cet étrange changement de comportement depuis qu'il avait été au sanctuaire. Il parlait différemment, montait presque sans difficulté sur un dragon, avait accès à tous au palais. Dieu sait ce qu'il avait pu planifier derrière leur dos en toute liberté ! Son cheval allait certainement rentrer au palais, il allait certainement donner l'alerte et ils partiraient tous à sa recherche. Il ne pouvait toujours pas contacter Daguelia. Il tenta en vain de se concentrer. Il eut encore plus mal à la tête. La cellule s'ouvrit soudain et il aperçut Lenir avec deux autres gardes qui arrivaient. Ils le mirent sur un des vieux fauteuils qu'ils venaient d'apporter et Lenir lui fit encore boire et respirer cette affreuse potion. Il sommeilla encore plus après. Il ressentit une vague douleur à l'un des bras et ce fut tout.

Lorsqu'il se réveilla à demi-conscience il sentait comme un bandage au fameux bras. Ils lui avaient pris du sang ! Il se servait de lui pour ses expériences !

Ce manège dura plusieurs fois et Arashi se sentait de plus en plus mal à chaque fois. Lenir lui semblait de plus en plus enjoué. Jusqu'au jour où il apparut complètement furieux. Arashi comprit que son expérience avait dû échouer et que Lenir n'en trouvait pas la raison. Il tournait en rond dans la cellule en criant tout haut.

— Ce n'est pas possible ! Ça aurait dû fonctionner ! Il y a quelque chose d'étrange ! Il doit y avoir un problème et toi ! continua-t-il en fixant Arashi d'un regard noir. Toi ! Tu dois certainement savoir !

Il poursuivit ses expériences jusqu'à ce qu'Arashi ne se réveille plus du tout pendant plus de deux jours. Il se retrouva allongé au sol avec une simple couverture sur le dos. Il ouvrit les yeux difficilement.

— Arashi ? entendit-il reconnaissant la voix de Lenir. Arashi ! Vous êtes enfin réveillé !

Lenir le prit dans ses bras et pleura contre lui. Arashi ne comprenait toujours pas. Il ne pouvait toujours pas bouger.

— Tu me fais capturer par l'ennemi et maintenant tu pleures sur mon épaule, réussit à dire Arashi.

— Quoi ? demanda Lenir avec une expression effrayée ? Vous n'êtes pas venu me sauver ?

— J'ai été capturé ici à cause de toi ! Tu m'as livré à l'empereur !

— Non ! continua Lenir, j'ai été capturé par des mercenaires lorsque j'ai tenté de fuir. Enrich avait envoyé un de ses hommes me chercher et il m'a presque assommé pour me faire grimper sur cet horrible dragon ! J'ai tenté de fuir et suis tombé à travers les bois. Je me suis retrouvé peu après dans les bras de mercenaire. Ils m'ont conduit ici. Oh ! Arashi je suis sincèrement désolé j'ai failli à ma mission !

Arashi ne comprenait plus rien. Il reconnaissait cette voix, cette façon de parler ressemblait pourtant fort bien à Lenir.

Le bruit de la porte s'ouvrit et des gardes entrèrent ils attrapèrent Arashi et le transportèrent dans sa première cellule ils lui firent respirer encore cet affreux produit et lui firent encore bois deux autres potions. Il sombra peu après dans le néant. Ils recommencèrent leur petit manège et il revit encore Lenir qui lui reprit encore plus de sang.

Celui-ci recommençait à se moquer de lui. Plusieurs fois il entendit une autre voix. Plus lointaine. Elle l'appelait dans son sommeil.

— Arashi ? Arashi ? Tu es en vie ! Arashi répond moi ! Tout le monde est inquiet !

Cette voix était masculine. Ce n'était pas Daguelia.

— Taisez-vous ! répondit Arashi mentalement. De toute façon, je suis prisonnier ici, je suis perdu. Ils se servent de moi pour leur expérience.

— Arashi ! Enfin ! Tu réponds. Écoute-moi ! Tout n'est pas perdu. Je me suis lié à toi. Même si tu ne peux pas pour l'instant communiquer avec Daguelia je l'informe que tu es en vie. Nous allons organiser ton sauvetage. Mais en attendant, il faut que tu tiennes encore. Tu ne dois pas lâcher. Tu entends ! Ne lâche pas !

— Quoi ? Mais vous êtes qui ?

— Zokugun. Lorsque je t'ai blessé l'autre fois je me suis lié à toi. Je savais que vous étiez le nouveau chef des dragons. Si votre lien avec Daguelia est temporairement interrompu, je peux prendre le relais.

— C'est Lenir.

— Je suis désolé Arashi Lenir a disparu peu après votre départ.

— Le traître, c'est Lenir.

— Ah, alors tout s'explique. En soignant Daguelia, il a pu lui prendre un peu de sang et concocter une potion qui vous empêche de communiquer. Mais comme il ne s'est pas occupé de moi, il n'a pas pu couper notre lien. Surtout sois discret. Maintenant que nous pouvons communiquer, je vais pouvoir te retrouver. On viendra te chercher. Je te le promets. Et on te vengera. On vengera ton père !

La porte de la cellule se rouvrit Arashi coupa toute communication. Et Lenir recommença son manège.

Lorsqu'il reprit une semi-conscience, il entendit de nouveau cette voix. Ce n'était donc pas un rêve, se dit-il.

— Je t'ai localisé, mais il va falloir que tu fasses quelque chose pour nous aider à t'en sortir. Je vais te prêter ma force à ton signal, tu mettras tes gardiens à terre et tu en profiteras pour t'en sortir.

— J'ai compris, dit simplement Arashi.

— Je te guiderais pour que tu puisses sortir. Écoute bien ma voix.

Arashi attendit que ces geôliers arrivent. La chance semblait avec eux puisque Lenir n'était pas présent. Il attendit qu'ils fusent près de lui et lança mentalement :

— Maintenant !

Arashi se sentit soudain envahir par une grande force. Il mit à terre rapidement ses geôliers et il prit leurs clefs. Il sortit de sa cellule. Il suivit les conseils de Zokugun pour sortir lorsqu'une voix l'interpella. Elle venait d'une autre cellule. Arashi reconnaissait bien cette voix. Celle de Lenir !

— Ah ! Vous avez été puni ? fit Arashi en le regardant sévèrement.

— Puni ? Mais de quoi vous parlez ? Vous avez réussi à vous libérer ? Mais comment avez-vous fait ? Après ce qu'ils vous ont fait ?

— Vous ont fait ? T'es plutôt culotté, c'est toi qui m'as fait tout ça ! C'est à cause de toi tout ça !

— Moi ? Oui, je n'aurais pas dû m'enfuir, je le reconnais, dit Lenir en pleure, j'avais trop peur des dragons. J'ai encore plus peur d'ici. Ils m'ont frappé, ils m'ont humilié, ça fait plusieurs jours que je suis enfermé.

— Plusieurs jours ? s'emporta Arashi. Mais tu es encore passé hier pour me faire boire tes horribles boissons !

— Non ! Je n'ai pas bougé de cette cellule depuis des semaines ! pleura Lenir.

— Il te dit la vérité, l'informa Zokugun. Ce Lenir ne ment pas.

Arashi le sortit de sa cellule et l'entraîna avec lui. Ils se retrouvèrent dans une autre salle. Il suivit encore les explications de Zokugun et ils se retrouvèrent enfin dehors. Ils ne l'avaient pas amené dans le palais de l'empire des ombres. Ils étaient même plus loin bien à l'écart.

C'est là qu'il entendit la deuxième voix de Lenir.

— Oh, je vois que tu as réussi à sortir de ta cellule ! Tu possèdes bien plus de force que je ne l'aurais imaginé finalement.

Arashi se retourna difficilement il ne comprenait plus rien. Il voyait deux Lenir. Mais ce qui l'inquiétait c'était que la force qu'il possédait quelques instants plus tôt semblait disparaître petit à petit. Il tituba un instant lâchant ainsi Lenir. L'autre en profita pour se mettre au côté du premier Lenir.

— Je suis le vrai Lenir, disait l'un.

— Non, c'est moi le vrai Lenir disait l'autre.

Arashi les observait tour à tour. Ils se ressemblaient comme deux gouttes d'eau. Mais l'un d'eux semblait frais et bien portant tandis que l'autre avec la même crasse qu'Arashi avait accumulé dans sa cellule. Il comprit qui était le vrai et le faux. Il se jeta sur le deuxième en même temps que sa force revenait. C'est là qu'il les aperçut. Un bon nombre de dragons fonçait sur le flanc de la montagne et presque aussitôt des dragons plus petits apparurent de tous les côtés. Zokugun avait dû lancer l'offensive. Des petits dragons surgirent de toute part. Arashi et Les deux Lenir durent se mettre sur le côté afin de ne pas être piétinés. Le faux Lenir repoussa Arashi et en profita pour sauter sur l'un des dragons et s'enfuir. Zokugun se posa non loin suivi de Daguelia.

— Arashi ! Je suis tellement heureuse de te voir !

— Elle lui présenta son museau en signe de bienvenue. Arashi la prit dans ses bras, même si elle était bien trop grande pour qu'il en fasse le tour.

— Moi aussi, lui dit-il en ayant les larmes aux yeux. Moi aussi.

— Nous devons y aller, dit Zokugun. Le faux Lenir va nous échapper.

Arashi grimpa difficilement sur le dos de Zokugun. Celui-ci décolla aussitôt. Il avait adopté le même harnachement que Daguelia. Ce qui aida fortement Arashi vu dans l'état où il se trouvait. Arashi retrouva même son épée qu'il enfila rapidement. La force qu'il recevait fluctuait en fonction de ce que puisait aussi Zokugun. Daguelia s'occupa du vrai Lenir qui s'évanouit en apercevant qu'elle allait le prendre dans sa gueule. Elle le confia à un autre dragon lui ordonnant de le ramener immédiatement à la cité et d'en prendre le plus grand soin. Zokugun et Daguelia foncèrent immédiatement sur le dragon qui transportait le faux Lenir. Zokugun le percuta de plein fouet au risque de faire tomber Arashi. Mais cela eut pour effet de faire tomber le faux Lenir. Arashi le suivit et ils se retrouvèrent au sol tous les deux face à face.

— Tu penses peut-être me battre ? lança le faux Lenir en riant.

— Après ce que je t'ai fait, tu tiens à peine debout ! Je ne sais pas comment tu as fait pour adopter un autre dragon que Daguelia, mais bon… Je comprends maintenant pourquoi toutes mes expériences avaient échoué !

Arashi aperçut Zokugun qui se battait avec le dragon du faux Lenir. Il devait venger la mort de son père, il devait venger Lenir. Il devait tenir coûte que coûte !

Zokugun ne fit qu'une bouchée du dragon, il se posa non loin et attendit en fermant les yeux. Ce qui fit beaucoup rire le faux Lenir. Il en profita pour se jeter sur Arashi. Celui-ci sentit soudain une grande force monter en lui. Une force enivrante. Il leva son épée et para l'attaque. Le combat fut rude et impressionnant. Arashi fut étonné de voir que son adversaire était digne d'un bon combattant. Ce n'était pas le vrai Lenir qu'il connaissait assurément. Il réussit à le blesser au bras. Celui-ci qui était trop sûr de lui fut totalement surpris. Arashi en profita pour attaquer. La bataille fut d'une extrême violence et Arashi utilisait toute la force qu'il recevait. Il feinta une attaque et réussit à planter son épée dans le flanc du faux Lenir. Celui-ci ouvrit de gros yeux totalement surpris. Arashi se positionna en arrière retirant l'épée. Il attendit que le faux Lenir s'écroule. Il se retourna et se dirigea en titubant vers Zokugun. Il n'osa pas regarder lorsque Daguelia se posa vers le corps et commençait à le dévorer. C'était sa vengeance à elle. Arashi avançait en titubant et vit trouble et s'écroula finalement sur le sol totalement épuisé. Puis ce fut le noir total.

Il se réveilla bien plus tard en constatant avec soulagement qu'il était dans son lit. Ce fut un Lenir tout soucieux qu'il trouva à son chevet.

— Je suis sincèrement désolé, dit celui-ci. Si vous souhaitez un autre soigneur, je comprendrai.

— Non, dit finalement Arashi. Mais il faudra que tu sois extrêmement patient avec moi. Et surtout, reste comme tu es.

— Promis, dit-il avec un grand soulagement. Mais il faut que vous sachiez ce que vous à fait mon jumeau vous a beaucoup affaibli. Il va falloir beaucoup de temps pour vous remettre.

— Du temps, je n'en ai pas ! Nous devons préparer notre prochaine bataille contre l'empire.

— Je savais que vous diriez ça. Mais sachez que si vous n'écoutez pas les recommandations de votre soigneur personnel et de votre maître d'armes, on prendra des mesures.

— Je suis le roi de cette cité vous… s'indigna Arashi.

— Il y a une chose que vous avez oubliée, coupa la voix d'Enrich en entrant. Jeune homme, même si vous êtes le roi, nous prendrons tous tes mesures nécessaires y compris à vous immobiliser de force s'il le faut, pour protéger votre vie et votre santé pour le bien de la cité.

Arashi se renfrogna. Contre ces deux-là, il n'avait visiblement aucune chance…

— Et tu as deux gardiens dehors qui sont prêts également, fit la voix de Daguelia.

— Dag ! Je peux à nouveau t'entendre !

— Et oui heureusement c'était temporaire !

— Mais tu as gagné un lien de plus, dit la voix de Zokugun. Ce qui ne s'était encore jamais vu !

— Bon, maintenant que vous savez à quoi vous en tenir j'espère ne pas devoir intervenir, lui rappela Enrich avant de ressortir.

Lenir le fit manger et lui fit boire une potion. Mais celle-là elle avait un bien meilleur goût. Il s'endormit peu après. Sa convalescence dura plus longtemps que prévu. Il ne put se lever que bien des semaines après son retour à la cité. Enrich le remplaçait lors des réunions de conseil. L'hiver arrivant il y en avait moins. L'empire ne semblait plus faire parler de lui pour l'instant, mais Arashi bouillonnait intérieurement. Il savait que Daguelia et Zokugun ressentaient ce que lui-même ressentait. Il ne pouvait rien faire, et il n'espérait même pas sortir en cachette sans que ces deux-là n'interviennent plus vite qu'il n'aurait franchi le seuil de la porte de sa chambre…

Il se résigna donc pendant un temps. Enrich venait tous les fins d'après-midi pour le tenir au courant de ce qu'il se passait. Il se passa encore plusieurs semaines et Arashi commençait à tourner en rond dans sa chambre. Il avait encore des maux de tête et quelques vertiges. Enrich venait de finir son compte rendu et Arashi se demandait pourquoi il n'était pas encore parti.

— Nous avons rapatrié Dame Angel pour l'hiver.

Le cœur d'Arashi fit un bon dans sa poitrine. Il dut s'asseoir un moment. Il est vrai qu'avec tout ce qui s'était passé il n'avait pas eu le temps de penser à elle.

— Maintenant, j'aimerais te parler de quelque chose un peu délicat. Cela concerne les femmes en général.

Enrich constata qu'ils avaient vu juste avec son père rien qu'en le regardant.

— Dis-moi tu as déjà rencontré une femme au moins ?

Arashi devint rouge écarlate.

— Je n'ai pas eu l'occasion en fait. Je vivais un peu reclus de la société humaine.

— C'est bien ce que je pensais. Donc vous n'avez aucune idée comment faire la cour à une femme.

— Faire la cour ? Mais pour quoi faire ?

— Eh bien oui, j'espère que vous ne pensez pas que les bébés naissent dans les choux ou dans les roses ! s'emporta soudain Enrich.

— Je vous avouerais que je ne me suis jamais posé la question, répondit Arashi qui se demandait bien ou voulait en venir Enrich.

Cette discussion commençait vraiment à devenir fort gênante.

— Attendez, vous ne savez pas comment les hommes se reproduisent ?

— Je ne me suis jamais posé la question en fait. Mais j'ai pu observer divers animaux dans la forêt et…

— Oh, là ! On s'arrête là ! Que penses-tu de Dame Angel ?

— Que voulez-vous dire ? demanda Arashi soudain confus.

— Sais-tu comment un homme et une femme tombent amoureux l'un de l'autre ?

— Écoutez, je ne vois pas où vous voulez en venir et je trouve cette discussion fort déplaisante.

— Ah, je vois, vous vous précipitez sans problème lors d'une bataille, mais lorsqu'il s'agit de parler de femmes vous vous sauvez comme une fouine !

— Bon ça suffit ! s'écria Arashi qui n'en pouvait plus.

— Je suppose que vous n'avez jamais vu de femme nue non plus ! continua Enrich en souriant cette fois.

Arashi attrapa un de ses oreillers et le balança sur Enrich qui se précipita vers la porte et sortie en courant. Arashi se retrouva seul en essayant de se calmer. Enrich avait réveillé quelque chose de gênant en lui. Le simple fait de parler de Dame Angel faisait réagir son corps tout entier. Surtout à un endroit particulier et s'en devenaient fort gênants. Il ne comprenait pas cette réaction.

— Tu es simplement amoureux de cette femme, l'informa Daguelia.

— Amoureux ?

— Oui cette femme t'obsède. Ton corps réagit rien qu'en parlant d'elle. Bientôt tu verras tu auras envie de l'embraser de faire certaines choses et…

— Ça suffit ! lui cria Arashi tu ne vas pas t'y mettre toi aussi ?

— Il va bien falloir que tu apprennes, parce que quand tu te retrouveras face à elle, tu auras l'air d'un gros bêta si tu ne fais rien… Et puis c'est tout à fait naturel. Tu ne dois pas en avoir honte.

Le soir Lenir vint lui rapporter son repas. Il l'informa que bientôt aurait lieu une grande fête au palais et qu'il faudrait qu'Arashi soit totalement remis. Il s'endormit peu après avoir bu une de ses potions. Il refit cet étrange rêve en compagnie de Dame Angel. Le lendemain, à son réveil il se dépêcha d'aller se laver avant que Lenir ne vienne. Il trouva un autre tas de livres visiblement déposé récemment sur la petite table. Quelqu'un avait dû passer pendant qu'il se lavait. Il les feuilleta et devint rouge comme une pivoine. Il les reposa et feuilleta plusieurs fois de suite. Certains dessins ressemblaient fortement à certains de ses rêves… Cela le gênait fortement, mais sa curiosité était la plus forte. Il reprit les livres et les feuilleta rapidement une première fois et plus lentement une seconde fois.

10

Arashi était en train d'ajuster son vêtement lorsque Enrich entra dans la chambre.

— Vous êtes prêt ? demanda celui-ci qui était fort bien habillé également.

— Vous êtes sûr que ça va comme ça ? demanda Arashi visiblement anxieux. Quelle idée avait eu Enrich d'organiser un énorme bal avec tout ce monde ! Arashi ne se sentait déjà pas à l'aise au conseil avec tous ses représentants, mais là voir autant de monde… Avait-il oublié qu'ils étaient en guerre contre l'empire ?

Enrich s'approcha et lui ajusta le haut de son col.

— Comme ça, ça ira mieux.

— Arashi se mit à chercher quelque chose.

— Où se trouve le tissu pour se cacher le visage ?

— Pas cette fois. C'est une fête en votre honneur et c'est le seul jour ou tous verront et pourront voir votre visage. C'est la coutume, répondit Enrich qui l'entraîna dans le couloir.

— Oh, reprit Enrich en arrivant devant l'entrée de la salle. Il y aura plein de femmes, alors méfiez-vous, certaines risquent d'être un peu trop entreprenantes, surtout en sachant que vous êtes encore libre.

Sur ces mots, il le poussa dans la salle sans attendre. Arashi crut qu'il allait s'évanouir. Il n'avait jamais vu autant de monde. Cela faisait trop pour lui. Mais qu'entendait-il par encore libre ? Il était sûr qu'il n'allait pas aimer la suite… Enrich le poussa encore un peu. Apercevant Lenir et le prêtre assis autour de la grande table d'honneur Arashi décida de les rejoindre immédiatement. Mais entre-temps, il fut salué par un nombre incalculable de femmes, toutes plus empressées les unes des autres. Il n'en avait jamais vu autant. Et comme l'avait dit Enrich, certaines se permettaient visiblement une proximité un peu trop embarrassante à son goût. Il dut en repousser plusieurs gentiment. Enrich lui était déjà installé près de Lenir et le regardait avec amusement, il avait pris place au côté du prêtre.

— On dirait que cette situation vous amuse fortement, dit celui-ci.

— En fait, oui je vous l'accorde. Je trouve ça vraiment amusant. J'ai hâte de voir comment notre petit guerrier va s'en sortir face à une horde de femmes toutes aussi excitées les unes des autres.

— Ne me dites pas qu'Arashi n'est pas au courant de la raison de cette fête en son honneur ? s'inquiéta soudainement Lenir.

— En fait, je ne lui ai pas vraiment dit. Je suis sûre qu'il se serait enfermé quelques parts ou serait parti se cacher.

— Quoi ? fit Lenir. Mais vous vous rendez compte s'il l'apprend !

— Oh, il l'apprendra, mais au moins il est présent pour l'instant et c'est le plus important, dit Enrich tous en riant et se servant un verre d'alcool fort.

Arashi mis un bon moment avant de pouvoir les atteindre. Il s'assit à côté de Lenir en soupirant.

— J'ai bien l'impression que vous vous riez de moi fit celui-ci en les regardants tour à tour soudain soupçonneux.

— Arashi, c'est l'occasion pour vous de rencontrer un tas de femmes aujourd'hui alors profitez-en, annonça Enrich.

— Personnellement, bien qu'elles soient toutes en beauté, elles ne m'attirent pas plus que ça.

— Elles sont terrifiantes en groupe n'est-ce pas ? insista Enrich en souriant.

— Je préfère de loin combattre une horde de dragons ennemis.

Enrich se mit à rire.

— Et bien quand je pense qu'il va falloir que vous en choisissiez une parmi elles, reprit-il plus sérieusement.

— Comment ça en choisir une ? demanda soudain Arashi avec inquiétude.

— Ben oui, choisir une épouse, vous ne comptiez tout de même pas rester vierge aussi longtemps !

— Et attendez un peu ! Il n'était pas question de ça ! s'emporta Arashi encore plus confus.

— Bien maintenant si, c'était le choix de votre père.

Arashi se leva subitement dans une colère noire.

— Il n'est pas question que je choisisse une femme !

— Et si, insista Enrich. De plus, elle dormira dans votre lit dès ce soir avec vous. Alors, préparez-vous.

Arashi devint rouge de colère et de honte.

— Certainement pas ! fit celui-ci en quittant la table. Il se dirigea d'un pas rapide vers le grand balcon.

— Vous ne le rejoigniez pas ? demanda Lenir visiblement très inquiet.

— Oh non, il faut mieux attendre qu'il se calme.

— Il ne prendra aucune femme maintenant, ça, c'est sûr, ajouta Lenir.

— Vous croyez ? Moi je vous dis qu'il va finir ce soir avec une femme dans son lit.

— C'est inévitable ! ajouta le prêtre en se levant.

— Mais que lui faites-vous subir à ce pauvre homme ?

— Comment ça, il faut bien qu'il goûte aux joies de la vie ! continua Enrich en riant.

Arashi se pencha sur la rambarde. Il appela Daguelia.

— Si c'est pour me demander de t'emmener plus loin la réponse est non, répondit-elle.

— Décidément, vous vous liguez tous contre moi !

— Non, Arashi. Aujourd'hui, c'est ta fête. Tu dois en profiter. C'est une coutume de ton pays.

— En profiter ? Vous avez vu le nombre de personnes qu'il y a ! Et toutes ces femmes… Elles sont vraiment…

— Tu as du choix de quoi tu te plains ?

— Du choix ! Mais je n'ai pas envie de prendre une femme, je n'ai pas envie de…

— Tu n'as pas envie d'avoir des enfants ? De connaître le bonheur d'être aimé ? Pourtant tu sais comment faire maintenant !

— Et attend ! Toi aussi tu es leur complice ?

— Je savais que tu allais dire ça, tous comme je savais que tu te serais enfui si on t'avait prévenu, pas vrai ?

Arashi ne répondit pas.

— Tu as bien rencontré plusieurs femmes aujourd'hui, il n'y en a vraiment aucune qui te plaise vraiment ?

— Franchement, ce que j'ai vu ressemble à une nuée de pies en pleine conversation.

— Oh là, je crois que cela ne leur plairait pas d'entendre ça.

— C'est normal, dit la voix de Zokugun. La femme qu'il convoite n'est pas encore là !

— Comment ça, la femme que je convoite, s'écria soudain Arashi. Décidément vous vous êtes tous ligués contre moi !

Il rentra dans la salle encore plus en colère.

Il retourna s'asseoir près de Lenir qui venait de se servir un autre verre. Enrich était un peu plus loin en train de discuter avec une femme. Arashi regarda Lenir et lui prit des mains le verre et le but cul sec.

— Arashi, je ne crois pas… commença Lenir totalement surpris. C'était de l'alcool fort et pour les non-initiés ça pouvait vite faire tourner la tête.

Arashi toussa fortement à s'en étouffer.

— Oh, mais qu'est-ce que c'était ? réussit-il à dire entre deux crises de toux. Sa gorge était totalement en feu.

— Un verre d'alcool fort, mais si vous n'êtes pas habitué à boire comme cela me semble être le cas pour vous ça va vite vous monter à la tête.

— Mais non ! dit Enrich en s'asseyant. Il lui servit un autre verre et lui tendit.

— Ça, ça fait un homme ! Un vrai ! Allez cul sec !

Arashi reprit le verre et rebut tout aussi rapidement. Il toussa moins fort cette fois. Mais commença à se sentir vraiment bizarre. Enrich lui en servit un troisième, non sans le regard désapprobateur de Lenir.

— Et bien voilà ! Te voilà plus détendu maintenant. On va pouvoir passer aux choses sérieuses !

Enrich fit un signe au loin. Le prêtre sortit de la salle et revint quelques minutes plus tard accompagnées d'une jeune femme qu'Arashi et Lenir reconnurent très bien.

— Ce n'est pas vrai, jeta Lenir en comprenant. Vous aviez vraiment tout prévu !

— Dans les moindres détails, fit celui-ci en regardant Arashi qui ne quittait plus des yeux cette jeune femme.

— Il est complètement accro, lança Lenir.

— Eh oui, il fallait seulement un petit coup de pouce pour qu'il s'en rende compte. Bien joué pour le verre d'alcool. Personnellement, je n'aurais pas été jusque-là…

— Hein ? Mais ce n'était pas mon idée ! protesta Lenir.

Angel qui était accompagnée du prêtre avançait lentement dans leur direction. Elle avait une magnifique robe longue bleue ciel et portait de somptueux bijoux qui brillaient de mille feux. Ses cheveux longs gris clair resplendissaient sous les lumières de la salle. Elle avançait telle une princesse. De toutes les femmes présentes Arashi ne voyait qu'elle.

— Je crois que vous lui avez fait de l'effet, lui dit le prêtre dans l'oreille.

— Je suis toute nerveuse, répondit-elle confuse et heureuse à la fois.

— De toutes les femmes qu'il y avait ici, vous êtes assurément la seule à qui il a braqué son regard aussi longtemps. Je pense que vous lui plaisez assurément.

— Arrêtez, je suis toute rouge !

Arashi se leva à son approche. Curieusement, Lenir et le prêtre disparurent un peu plus loin les laissant seuls. Les autres femmes les regardaient de loin, beaucoup semblaient visiblement très déçues et envieuses.

— Je suis content de vous revoir, réussi finalement à dire Arashi.

— Moi également, répondit-elle en posant ses beaux yeux bleus sur ceux d'Arashi.

Arashi remarqua que tous les observaient. Il lui prit la main et l'emmena sur le balcon. Il se sentait encore plus étrange. Il avait son corps qui réagissait. Son cœur qui battait encore plus vite. Il se souvient de ce qu'il avait vu dans les livres que sans doute Enrich lui avait apporté. Il espérait seulement qu'ils auraient disparu à son retour.

— Je suis flattée et heureuse que vous m'ayez choisie.

— Choisie ? Arashi comprit soudain l'allusion.

En la prenant par la main, il venait tout simplement de sceller leur mariage ! Il ne sut que répondre. Enrich avait bien fait les choses. Il l'avait bien eu !

 Il sursauta lorsque Daguelia apparut soudain devant eux.

— Je vous emmène faire un tour ? demanda-t-elle.

Arashi regarda Angel.

— Ça me plairait assez, répondit-elle finalement.

Arashi grimpa en premier sur le dos de Daguelia et fit monter Angel.

— C'est vrai la dernière fois que vous avez monté avec moi, vous n'étiez pas consciente.

Daguelia décolla en douceur. Ils firent le tour de la cité. Certaines femmes étaient apparues sur le balcon et les observaient avec envie.

Arashi avait mis Angel devant lui. Il espérait qu'elle ne se rende pas compte de l'effet qu'elle lui faisait. C'était presque une torture. Un à moment elle se retourna pour l'observer. Instinctivement, leurs bouches se rencontrèrent. Cette fois leur baiser fut un peu plus long. Daguelia les emmena non loin de la cité par sécurité. Elle les ramena peu après alors que le soleil était déjà bien loin dans le ciel. Ils retournèrent non sans regret pour Arashi dans la salle de bal. Angel l'invita à danser. Ils mangèrent en compagnie de Lenir, le prêtre et Enrich. Celui-ci se leva pour aller leur servir à boire lorsque le prêtre le suivit. Enrich remplit le verre d'Arashi. Le prêtre versa discrètement un peu de poudre dans son verre. Enrich lui posa alors un regard interrogateur.

— C'est juste pour donner un petit coup de fouet à ce jeune homme pour cette nuit, répondit-il avec un grand sourire. J'ai bien peur que même un peu éméché il soit un peu trop timide.

— Vous êtes terrible vous !

Enrich donna le verre à Arashi qui le but en mangeant. Il était beaucoup plus souriant et semblait moins stressé.

Enrich lui servit encore un peu d'alcool. Arashi se laissa entraîner. Il ne quittait plus Angel d'une semelle. Et c'est fort tard dans la soirée qu'ils allèrent se coucher. Enrich les raccompagna dans la chambre d'Arashi et les laissa seules.

Il désigna néanmoins un garde qui resta posté non loin de la porte d'entrée jusqu'au petit matin.

Arashi se réveilla avec le lever du soleil. Il ne se rappelait que vaguement de ce qui s'était passé la veille. Il s'aperçut soudain qu'il ne dormait que sur la moitié du lit. Il ouvrit les yeux et c'est là qu'il l'aperçut. Angel dormait encore d'un sommeil profond. Tous les souvenirs lui revinrent à ce moment-là. Il fut totalement confus et encore plus lorsqu'il s'aperçut qu'il était totalement nu dans son lit !

Il prit rapidement un vêtement qui traînait non loin et se précipita dans la salle de bains. Il n'en revenait pas lui-même. Il l'avait fait ! Il l'avait fait ! Il redoutait le moment ou Angel allait se réveiller. Il avait à la fois honte de lui et ressentait une certaine satisfaction. Il ne comprenait pas. Comment cela avait-il pu avoir lieu ? Il ne se reconnut pas lui-même. Cette nuit c'est comme s'il était un autre homme. Lorsqu'il eut fini de s'habiller, il fut rassuré qu'Angel dorme encore. Il décida d'aller manger dans la cuisine des officiers à cette heure-là il n'y trouverait sans doute personne. Il sortit discrètement de la chambre et se dirigea vers les cuisines. Enrich qui s'était levé tôt également l'aperçut de loin. Il sourit en lui-même et le suivit de loin.

Lorsqu'Arashi eut fini de manger, il sella son cheval et sortit faire un tour dans la ville. Il décida finalement de sortir de la cité.

Lenir entra dans la chambre d'Arashi et fut totalement surpris d'y rencontrer Angel qui s'était déjà préparé et habillé.

— Arashi n'est pas ici ? demanda-t-il.

— Non je pense qu'il est parti de bonne heure.

— Votre chambre est prête dame Angel et comme convenu nous allons ouvrir la porte attenante des deux chambres.

— Je vous remercie Lenir.

Lenir sortit complètement chamboulé. Enrich avait réussi son pari. Non seulement une femme avait dormi dans le lit d'Arashi, mais en plus ils l'avaient fait ! Il s'apprêtait à repartir lorsqu'il rencontra Enrich.

— Comment vous avez fait ?

— J'ai appris à le connaître et agir en conséquence. Préparez-vous Lenir parce que bientôt vous aurez deux patients attitrés. J'espère pour vous que vous savez faire les accouchements.

— Bien sûr, mais vous ne croyez pas que ça va un peu vite ?

— Non bien au contraire, il faut absolument un descendant pour la cité. Vous le savez pertinemment.

— Oui, répondit Lenir en s'éclipsant. Si le roi n'avait plus de descendant ce serait à l'un des peuples alliés de prendre la relève et Dieu sait quel conflit cela pourrait engendrer.

Enrich rencontra le prêtre peu après.

— Je dois vous féliciter, dit-il. Votre potion semble avoir parfaitement fonctionné.

— Oh et encore j'ai été gentil, je n'ai pas mis toute la dose requise. Il semblerait cependant que notre petit protégé se soit fait la malle ce matin.

— Je crois qu'il a tellement été surpris par ce qui s'est passé cette nuit qu'il a pris la poudre d'escampette. Si je vois qu'il tarde à revenir, j'enverrai son dragon le chercher.

— J'espère qu'il va s'en remettre, fit le prêtre en riant.

— Oh, je pense qu'il va y avoir une phase de fuite pendant quelques jours. C'est Dame Angel, qui va se poser des questions maintenant.

— On veillera sur elle.

— Le printemps arrive, la guerre va reprendre, ajouta tristement Enrich. Et Arashi sera en première ligne.

— Nous avons fait ce qu'il fallait. Maintenant, espérons que les dieux soient avec nous.

Enrich repartit vers les écuries. Il sella son cheval et sortit également de la cité. Il espérait retrouver Arashi. Il retrouva sa trace grâce à son dragon.

Arashi était assis sur un des grands rochers. Son cheval broutait non loin.

— Ce n'est pas très prudent de partir seul dans la nature après ce que c'est passé.

— Oh, je parierais Enrich que vous avez pris toutes les précautions nécessaires. Et puis vous oubliez que maintenant j'ai deux gardiens attitrés.

— Nous avons eu le faux Lenir, mais l'empereur à plus d'un tour dans son sac et puis nous ne savons toujours pas qui a tué votre père.

— Nous le découvrirons. Il va certainement laisser courir un peu de temps avant d'agir à nouveau.

— Bon je vais le tour des troupes, je ne voudrais pas qu'ils s'endorment sur leurs lauriers, fit Enrich en se levant. Vous savez, faire l'amour à une femme est tout à fait normal et banal de nos jours. N'en fais pas tout un plat. J'ai moi-même une femme et deux enfants.

Arashi allait répondre, mais Enrich était déjà en train de partir au galop. Il avait tout compris. Du début à la fin. Si c'était normal, alors pourquoi cela le dérangeait autant. Pourquoi il voyait ça comme imposé et fait dans la précipitation ?

Il rentra fort tard et fut rassuré de voir qu'Angel n'était plus dans sa chambre. Il reçut la visite de Lenir qui lui apportait son repas comme à chaque fois qu'il ne le voyait pas manger dans la cuisine.

— Dame Lenir est dans sa chambre et elle s'est couchée tôt aujourd'hui, dit Lenir. La porte des deux chambres a été rouverte pour plus de discrétion.

— Merci Lenir répondit Arashi un peu gêné.

Lenir repartit peu après. Arashi s'assit dans son fauteuil et regardait le ciel. La nuit était presque tombée et il pouvait encore apercevoir l'ombre des dragons qui faisait leur ronde. Bientôt il repartirait en guerre. Bientôt l'empire passerait à l'attaque.

11

Lorsqu'Arashi arriva dans sa chambre, la première chose qu'il fit c'est de prendre un bain. Il était totalement épuisé. Deux jours entiers de conseils s'étaient écoulés. Même Daguelia commençait à pester. Elle aurait certainement dévoré l'un des représentants si Arashi n'avait pas reporté la réunion. Certains groupes partis en mission de reconnaissance étaient revenus avec de mauvaises nouvelles. L'empire avait commencé à faire avancer ses troupes. Leur nombre semblait s'accroître chaque jour. La plupart les représentants des autres peuples commençaient à paniquer. Il fallait qu'il agisse vite. Il se cala confortablement sur son fauteuil comme à l'accoutumée lorsque quelque chose le travaillait et se mit à réfléchir en scrutant le ciel. Il n'avait pas revu dame Angel depuis cette fameuse nuit. Il faut dire aussi qu'il avait tout fait pour l'éviter. À cette heure-là, elle devait certainement dormir. Il repensa à sa vie. Comment il avait vécu et ce qu'il avait appris. C'est alors qu'il se souvient des cours que Serve et son frère lui faisaient. Oui, ils lui présentaient des cas de bataille et il devait trouver la meilleure solution pour gagner ou tout au moins sauver le maximum de soldat. Il se leva subitement et se précipita dans l'ancien bureau de son père. La carte qu'il regardait souvent était toujours sur la table. Personne n'avait osé l'enlever. Il eut un moment de nostalgie. Il revoyait son père penché sur cette carte. Il le revoyait lever les yeux sur lui. Il prit divers personnages fabriqués pour faire des démonstrations de bataille et les positionna sur celle-ci. Il positionna également l'ennemi. Il déplaça les pions, reprit des notes, le replaça encore et encore. Sans s'en rendre compte, il passa la nuit entière à préparer des plans de combat. Dans les cours de Serve, ils n'avaient pas prévu l'option dragon. Mais peu importe cela était un avantage. Mais il devait aussi prendre en compte le fait que l'ennemi en avait aussi. Des plus petits et des plus malléables. Il fallait plus de personnes sur des dragons. Plus de cavaliers. Pourquoi pas de nouvelles technologies ? Cela pourrait surprendre l'ennemi !

Et s'ils fabriquaient des pièges, une arme nouvelle ?

Le lendemain, ce fut la panique. Lenir qui n'avait pas trouvé Arashi dans sa chambre donna l'alerte et tout le monde le recherpa. Ce fut Daguelia qui leur annonça où il se trouvait. Lenir et Enrich le trouvèrent endormi sur l'un des fauteuils de son père. Ils trouvèrent des feuilles de papier éparpillé un peu partout. Elles étaient toutes écrites de textes et de croquis avec de l'encre que le roi utilisait souvent.

— Il a travaillé seul toute la nuit, dit Enrich à voix basse. Il fit sortir Lenir et ferma la porte doucement.

— Ça fait deux jours qu'il siège au conseil, reprit Enrich. Il était complètement épuisé. Vaut mieux le laisser se reposer pour l'instant.

Arashi ne se réveilla qu'à l'heure du déjeuner. Il fut tout d'abord en colère contre lui-même pour avoir dormi si longtemps. Lenir apparut comme par enchantement avec un bon repas. Arashi soupçonna Daguelia pour y être pour quelque chose.

Une fois repu, il fit convoquer Enrich et lui expliqua certains de ses plans. Celui-ci fit d'abord de gros yeux par moments et se mit à rire certaines fois. Il se mit aussitôt au travail visiblement enchanté.

Un peu plus tard, Arashi reçut un message de la part de Goru, le sellier et le maréchal du palais. Il lui demandait une audience. Cet homme-là était d'ordinaire plutôt discret. Tout le monde appréciait son travail. Ce n'était certes pas dans ses habitudes de demander une audience pour rien. S'il avait un problème, autant le résoudre immédiatement. Arashi décida d'aller le voir rapidement. Celui-ci fut tellement confus qu'il se soit déplacé si vite qu'il paniqua sur le moment et ne put s'exprimer correctement.

Arashi du grandement le rassurer.

— Je suis désolé, majesté. Je ne m'y attendais pas ! Vous avez demandé de vous faire des propositions pour la bataille à venir. Je voulais juste vous montrer une découverte que j'ai faite il y a un mois de cela.

Il l'emmena dans la cour avec divers ustensiles, de quoi faire un feu, un arc et des flèches. Il en prit deux gamelles et mélangea deux poudres en mesurant bien précisément chacune des quantités. Il lui demanda de reculer.

— On m'a informé que vous étiez excellent archer.

— Je ne suis pas mauvais en effet, répondit Arashi.

Il lui tendit l'arc et une flèche. Arashi les prit et s'apprêta à tirer.

— Attendez ! fit Goru en allumant l'extrémité de celle-ci. Il faut juste viser la gamelle et se boucher les oreilles.

Arashi ne comprit pas pourquoi. Une flèche cela ne faisait pas de bruit au point de s'en boucher les oreilles. Il visa et tira. Arashi fut tellement surpris par le bruit de l'explosion qu'il en lâcha l'arc et eut un mouvement de recul et avait sorti son épée. Il regarda un instant Goru totalement stupéfait.

— Vous en avez beaucoup de ses poudres ? lui demanda-t-il en rengainant finalement son épée.

— En fait on en trouve plein sur les terres des Orgons. Mais il faut mettre exactement les mêmes proportions pour que cela fonctionne.

Des soldats et Enrich arrivèrent rapidement alertés par le bruit. Même Daguelia se posa en plein milieu de la cour. Enrich posa un regard interrogateur à Arashi.

— Une simple expérience, répondit celui-ci en souriant. Goru ! Il me faut plein de cette poudre-là !

— Combien ?

— Autant que vous pouvez en trouver ! Prenez autant de personnes dont vous aurez besoin !

— Bien majesté, dit Goru en reprenant tous ses ustensiles et disparaissant rapidement.

— Dites-moi Enrich, avez-vous des personnes dont le travail consiste à inventer ou améliorer les choses ?

— Oui nous avons des inventeurs.

— Alors, demandez-leur de trouver une solution pour pouvoir transporter cette expérience explosive en toute sécurité pour nous.

— C'était ça ce bruit ?

— Une nouvelle arme. Voilà ce que c'était. Il faudrait en trouver d'autres. D'autres qui surprennent totalement l'ennemi. C'est ça qui nous donnera l'avantage !

— Ça des idées ce n'est pas ce qui manque chez nous !

— Alors, allons-y !

Arashi devait encore siéger au conseil en début d'après-midi. Il dura jusqu'à une bonne partie de la nuit. Les différents représentants n'étaient pas tous d'accord, et cela engendrait nombre de conflits. Au bout d'un moment, Arashi en eut plus qu'assez et il leva le ton.

— Si nous ne sommes même pas capables de nous entendre pour découvrir de nouvelles stratégies de défenses et d'attaques, alors l'ennemi a déjà gagné ! Je vais organiser la défense et l'attaque, maintenant ceux qui ne sont pas d'accord, la porte reste grande ouverte ! Il se leva et sortit de la salle laissant tout ce monde aussi surpris que perplexe.

Il retourna dans sa chambre complètement exténuée. Mais en voulant entrer, il aperçut de la lumière. Il entra doucement pour tomber nez à nez avec Angel. Sur le coup, il ne sut pas quoi dire. Elle avait sa tenue de nuit ! Autrement dit une tenue plus que légère ce qui l'embarrassa fortement. Cela voulait tout dire sur ses intentions…

— Allez viens, je crois que nous avons à parler, dit-elle gentiment. Elle le traîna à l'intérieur de la chambre et ferma la porte derrière lui. Elle le laissa néanmoins aller se laver seul et lorsqu'il s'apprêta à se coucher il s'aperçut avec effroi qu'elle était dans son lit et semblait l'attendre.

— Il ne faut pas être gêné, je suis ta femme maintenant et il est normal que nous dormions ensemble. Allez viens ne soit pas timide.

Arashi entra dans son lit, mais prit bien soin de se mettre que d'un côté et de ne pas toucher ni effleurer Angel qui le regardait avec amusement. Son corps lui ne semblait pas de son avis et commençait déjà à réagir. Il tenta de le cacher. Angel éteignit la seule bougie qui était restée allumée et ils ne furent que légèrement éclairés par la lumière de la lune.

— Écoute, je sais que tu as vécu loin des femmes et que du coup tu ne saches pas comment réagir avec moi. Je veux que tu saches que ce n'est pas un problème pour moi. Je comprends.

— Je suis désolé. Je ne sais pas encore comment faire ni comment m'y prendre j'ai peur de mal faire. Tu dois être déçu. Je ne sais même pas comment cela s'est passé l'autre jour, je ne semblais pas moi-même en fait.

— Au contraire. Je ne suis pas déçu. Parce que contrairement à d'autres femmes, je sais maintenant que je suis la seule et l'unique pour toi et ça c'est le plus beau cadeau qu'une femme puisse recevoir d'un homme.

— Tu le penses vraiment ?

— Mais oui bien sûr. Elle se pencha sur Arashi et lui fit un long baisé auquel cette fois il répondit à l'appel.

— Sert toi de ton instinct, tu n'as besoin de rien d'autre. Le reste viendra tout seul.

Le lendemain, lorsqu'Angel se réveilla Arashi était déjà parti comme elle s'y attendait. Elle retourna dans sa chambre se préparer également.

Plusieurs jours se suivirent. Ils étaient sans fin pour Arashi. Voyant que les membres du conseil n'arrivaient pas à s'entendre sur les modalités de leur défense et une éventuelle attaque, il avait pris les choses en mains. Leurs disputes incessantes faisaient non seulement perdre du temps à tous, mais en faisaient également gagner à l'ennemi. D'autant plus qu'il soupçonnait l'un d'eux être au service de celui-ci. Il organisa donc certaines contre-attaques avec Enrich et Serve en secret. Ils passèrent des semaines à planifier certaines défenses à élaborer de nouvelles armes et à en tester d'autres. Il envoya plusieurs groupes se poster au loin et tendre des pièges à divers endroits. Il envoyait régulièrement des missions de reconnaissance afin d'évaluer le parcours de l'ennemi et de former les jeunes recrues.

Il fut réveillé au beau milieu de la nuit par Daguelia. Il y avait un problème avec un groupe de jeunes recrues qui se faisaient attaquer.

Arashi se dépêcha de s'habiller et ne prit pas la peine de sortir par la porte Daguelia l'attendait par la fenêtre. Il grimpa sur son dos. Il avait heureusement pris son épée et son arc. Daguelia avait pris la peine de faire mettre de nouvelles lances sur les côtés. Ils décolèrent donc sans attendre les renforts qui arriveraient justes après avec Zokugun.

— Où allons-nous ? demanda Arashi qui était étonné que Daguelia prenne la direction du Sud. Normalement il n'est pas censé y avoir d'ennemis dans cette région-là !

— C'est bien ce que nous ne comprenons pas non plus, lui répondit Daguelia. D'autant plus que ce sont de jeunes recrues elles ne sont pas prêtes pour le combat encore !

— Dans ce cas, nous devons y aller, les renforts nous rejoindront bien assez tôt.

Daguelia accéléra donc. Il faisait plutôt frais pour un début de printemps. Arashi avait hâte d'arriver. Il imaginait déjà la panique pour ces jeunes inexpérimentés. Ils tombèrent nez à nez avec l'ennemi. Il n'y voyait pratiquement rien et Daguelia faillit en percuter quelques-uns. Ils étaient en train d'attaquer des dragons au sol. Arashi pouvait déjà entendre leur cri de détresse. Il eut une idée. Il n'eut pas besoin de demander à Daguelia. Celle-ci comprit sa demande elle mit le feu à certains arbres afin qu'ils puissent y voir plus clair. Ils entendirent du même coup des hurlements. Et reçurent une nuée de flèches Daguelia reprit de la hauteur.

— Ils ont aussi une troupe au sol ! cria Arashi. Ils sont planqués dans les arbres et nous tirent dessus !

— Je vais leur faire passer l'envie de me transformer en passoire, fit Daguelia en lançant encore des flammes.

Ils éclairèrent la zone de conflit. Les dragons noirs en l'air leur foncèrent dessus et tentèrent de les encercler. Daguelia monta encore plus haut. Plus ils seront occupés et plus les jeunes recrues auront de chance de s'en sortir. Le fait qu'il ait aperçu Arashi lui-même venir à leur secours leur avait remis du baume au cœur. Ils se défendirent plus férocement. Arashi aperçut les renforts qui arrivaient. Ils s'occupèrent de défendre les troupes au sol. Arashi et Daguelia emmenèrent les dragons ennemis plus loin. Mais ils tombèrent sur une autre troupe ennemie.

— Ce n'est pas vrai ! cria Arashi qui prépara ses flèches et commença à tirer. Il envoya aussi quelques lances. Il réussit à toucher certaines cibles. Mais soudain il reçut un énorme choc. Daguelia tomba en flèche en direction du sol.

— Dag ! cria Arashi. Dag !

Le sol se rapprochait de plus en plus. Ils reçurent un autre choc encore plus violent. Arashi fut à moitié assommé et il fut catapulté par-dessus bord. Il eut juste le temps d'entendre Daguelia s'écraser dans de l'eau tandis que lui tomba sur diverses branches d'arbres. Il reçut diverses griffures, de coupures, un grand choc sur la tête, puis ce fut le noir complet.

Ce fut les bruits de discussion qui le réveillèrent. Il était allongé sur quelque chose de dur. Il avait mal partout. Surtout à son bras droit et à la jambe gauche. Il sentait quelque chose de chaud sur le côté de sa tête. Lorsqu'il ouvrit les yeux, il perçut difficilement les personnes qui se trouvaient autour de lui. Des personnes qu'il ne connaissait pas. D'autant plus qu'ils étaient vraiment étranges. Ils étaient fort grands, mais ce qui le choqua le plus c'est leur longue chevelure de la couleur du soleil ou de champs de céréales lorsqu'ils sont relativement mûrs. L'un d'eux qui s'étaient aperçus de son réveil interpella les autres et ils le bloquèrent. L'un d'eux lui fit respirer un tissu mouillé et se fut encore le noir.

Il se réveilla à nouveau. Il était allongé sur cette planche dure vraiment inconfortable. Il avait les mains et les pieds attachés. On lui avait soigné ses blessures. Il avait un long bandage autour de la tête, un autre sur l'un des bras, et aussi sur la jambe gauche. Il avait atrocement mal partout, mais surtout à son épaule droite. Il avait de la fièvre et de la sueur coulait de son visage. Il semblait être dans une tente de fortune. Un homme s'approcha de lui et appela son chef.

— Capitaine ! Il semblerait que notre invité soit réveillé.

Un autre homme apparut et le scruta un moment.

— Je suis le capitaine Lanch. Tant que nous ne savons pas de quel côté vous êtes, vous êtes notre prisonnier. Autant vous dire que si vous tentez quoi que ce soit, c'est la mort qui vous attend.

— Arashi. Je vis dans la cité des dragons, dit Arashi avec difficulté.

— J'aimerais savoir ce que quelqu'un comme vous fait dans ce secteur et surtout pourquoi et comment vous êtes tombé du ciel ?

— Mon dragon, fit Arashi qui commençait à se sentir vraiment mal. Vous avez des nouvelles de mon dragon ?

— Votre dragon ? demanda le capitaine Lanch visiblement étonné.

— Je crois qu'il est en train de délirer, fit l'autre homme.

— Faites appeler le médecin qu'il l'examine immédiatement !

— Non ! Mon dragon, elle est tombée avec moi, vous l'avez trouvé ? Est-elle encore en vie ? protesta Arashi.

Un autre homme apparu.

— Docteur Renu, je crois qu'il délire, il nous parle de dragon et demande si nous l'avons trouvé.

— Il doit délirer en effet. Il a une forte fièvre, répondit celui-ci en lui touchant le fond. La seule chose à faire c'est qu'il se repose. Il sortit un flacon et un chiffon.

— Non ! supplia Arashi qui comprit leur intention. Dag, il faut aller voir si elle va bien ! Elle est tombée avec moi elle…

Renu arriva avec le mouchoir. Arashi tenta de résister et bougeant sa tête dans tous les sens malgré la douleur, mais Lanch lui retient la tête et ce fut de nouveau le trou noir.

Lorsqu'il se réveilla à nouveau il se trouvait presque assis dans une sorte de fauteuil. Il était toujours attaché. Mais cette fois on avait dû le transporter ailleurs, car il se trouvait dans la pièce d'une maison.

Quelques instants plus tard, Lanch et le docteur Renu entrèrent. Ils se dirigèrent aussitôt vers lui. Arashi avait observé la pièce qui semblait certainement être une sorte de centre de soin à en juger par les divers ustensiles et éprouvettes qu'il trônait sur diverses étagères et tables.

Le docteur Renu lui inspecta les yeux. Arashi eut un mouvement de recul.

— Vous sembliez aller un peu mieux, fit celui-ci.

— Je voudrais vous poser quelques questions, dit Lanch qui s'était rapproché. Voyez-vous, parce qu'il y a des choses que nous ne comprenons pas. Vous avez atterri pratiquement sur notre camp comme si vous veniez des nuages. Nous nous sommes fait attaquer par des êtres armés de flèches et vous aviez un arc et des flèches sur vous.

Arashi avait encore la tête qui tournait. Il tenta de rester éveillé et d'observer Lanch se demandant s'il pouvait le considérer comme ami ou ennemi. Celui-ci semblait avoir la même réflexion.

— J'étais partie en mission de sauvetage. Une de mes troupes à également été attaquée par ces fameux archers perchés dans des arbres.

— Et vous êtes venu les sauver en grimpant aux arbres ?

— Je suis venu sur le dos de mon dragon.

— C'est impossible, cria Lanch. Aucun dragon n'accepterait quelqu'un sur son dos !

— Et pourtant c'est la vérité.

— Vous n'espériez tout de même pas que l'on vous croie ! s'écria soudain Renu.

— C'est pourtant la vérité.

— Cette fois il ne semble pourtant pas délirer, affirma Renu en constatant qu'Arashi n'avait plus de fièvre.

— Je ne délire pas du tout, informa Arashi. Je fais partie du peuple de la cité des dragons. Je possède mon propre dragon, comme certains de mon peuple.

— Avouez que votre histoire semble sortir d'un conte de fées.

— Alors, relâchez-moi ! Que je puisse retrouver mon dragon. Elle doit être blessée !

— Il redélire ! fit Lanch. Renu prépara à nouveau un chiffon humide.

— Non ! cria Arashi je vous dis la vérité ! Je dois la sauver ! Non !

Mais l'odeur du mouchoir le plongea de nouveau. Dans le noir.

Lorsqu'il se réveilla de nouveau il avait un atroce mal de tête. Le docteur Renu et Lanch étaient à son chevet. Arashi était en colère, mais attaché il ne pouvait rien faire. Il fallait absolument qu'il établisse le contact avec eux d'une manière ou d'une autre. Puisqu'ils ne semblaient pas vouloir le tuer avant d'en savoir plus sur lui. Il décida de ne plus parler de dragon. Il était inquiet pour Daguelia. Il ne la sentait plus.

— Vous voilà enfin réveillé, dit simplement Renu.

Il le releva en position assit. Arashi était toujours attaché. Ce qui voulait dire qu'ils se méfiaient de lui. Renu avait un plat avec de la viande et des légumes. Le ventre d'Arashi se mit à gronder. Mais lorsque Renu lui tendit la cuillère, il n'ouvrit pas la bouche.

— Allons donc, maintenant vous avez décidé de vous laisser mourir de faim ?

— Pouvez-vous le nourrir de force ? demanda Lanch.

— Oui bien sûr, mais ça risque de ne pas être agréable pour lui assurément.

— Alors je vous laisse le choix, fit Lanch en regardant Arashi sévèrement. Soit vous mangez soit je vous laisse aux mains de notre docteur et croyez-moi il ne rigole pas.

Arashi décida de manger. Ce qui apparemment sembla les rassurer fortement.

Ils recommencèrent leur petit manège trois fois. Ils lui posèrent toujours les mêmes questions.

— Et vous, demanda soudain Arashi qui êtes-vous ?

— Nous sommes du clan des Gendos. Nous vous avons amené sur notre territoire.

— Ça fait combien de temps que je suis ici ?

— Environ 10 jours.

— Dix jours ! Arashi parut soudain désespéré. Dix jours sans nouvelles de Daguelia. Il baissa la tête et ne put empêcher les larmes lui couler le long de sa joue. En dix jours il a pu se passer beaucoup de choses. L'empire a pu attaquer. Il fallait vraiment qu'il sorte d'ici.

— J'ai une femme, continua Arashi pensant qu'ils comprendraient que quelqu'un l'attendait.

Ils entendirent soudain du remue-ménage. Un grand fracas. Des cris venant de toutes parts.

— Un dragon ! Il y a un dragon ! Il est énorme ! Il nous attaque !

— Un dragon ? C'est impossible ! cria Lanch

12

— Je suis là, entendit Arashi mentalement. Il reconnut la voie de Zokugun. Je viens te sauver.

— Fais un peu de dégâts et fais leur peur, mais ne tue personne.

— Compris, répondit celui-ci.

Lanch et Renu s'apprêtaient à sortir.

— Attendez ! leur cria Arashi. Si vous voulez sauver votre peuple alors, faites-moi sortir !

— Nous sommes attaqués par un dragon ! Vous croyez qu'on a le temps de tergiverser ?

— Je connais ce dragon, si vous ne me livrez pas à lui, il détruira tout jusqu'à ce qu'il me retrouve.

Lanch et Renu se regardèrent totalement indécis.

— De toute façon, ça ne vous dérange pas s'il me dévore alors qu'avez-vous à perdre ? Laissez-moi vous prouver que ce que je dis était vrai !

Ils le détachèrent et l'entraînèrent à l'extérieur. Dehors c'était le chaos. Tout le monde courait dans tous les sens. Zokugun semblait visiblement prendre un certain plaisir à faire peur à tout ce petit monde.

— Zokugun ! Stop ! lui cria Arashi.

Lanch et Renu étaient obligés de le soutenir. Il était resté trop longtemps allongé. Zokugun tourna la tête vers Arashi, se dirigea vers lui et se posa doucement devant eux.

Lanch et Renu n'étaient pas rassurés du tout. Ils regardaient cet énorme dragon qui semblait attendre Arashi. Celui-ci se dégagea de Lanch et Renu et tituba jusqu'à Zokugun. Il posa sa main sur le museau de celui-ci

— Je suis content de te revoir ami.

— Moi, aussi, fit Zokugun.

Lanch et Renu poussèrent un cri d'effroi.

— Mais il parle !

— Je vous l'ai dit, je suis Arashi de la cité des dragons. Nous vivons avec eux. Où est Daguelia ?

— Nous l'avons récupéré, elle est inconsciente, mais se remettra de ses blessures. Nous avons récupéré nos jeunes recrues, certains blessés, mais ils s'en remettront grâce à toi. Je suis partie à ta recherche ensuite. Nous étions vraiment inquiets ! Ça fait dix jours que nous te cherchons !

— Pourquoi l'empire se trouvait dans cette région ?

— Certains pensent qu'ils vont prochainement nous attaquer de toutes les directions, c'est pour cela qu'ils attendaient. Moi je pense qu'ils devaient protéger quelque chose.

— Il faut que je parte, dit Arashi en se retournant vers Lanch et Renu toujours aussi indécis.

— Attendez, dit soudain Renu. Vous ne pouvez pas partir dans cet état. Laissez-moi vous concocter quelque chose de puissant afin que vous puissiez vous battre. Il disparut sous la tente.

— Je suis sincèrement désolé, fit Lanch. Nous ne pensions vraiment pas que des hommes pouvaient être alliés à des dragons.

— C'est pourtant la vérité. Nous serons prochainement en guerre contre l'empire des ombres. Si nous perdons, vous pouvez être certains qu'ils viendront à votre porte un de ces jours.

— Dans ce cas, votre guerre devient aussi la nôtre. Nous étions dans le secteur lorsqu'une de mes patrouilles de reconnaissance s'est fait littéralement dévaster par on ne sait quoi. Nous avons immédiatement pensé à des dragons vu ce que l'on a pu récupérer de celle-ci.

— C'était sans doute bien des dragons, mais ceux de l'empire, pas les nôtres.

— Comment faire la différence alors ?

— Les nôtres sont plus grands, de plusieurs couleurs. Les leurs sont plus petits noirs et plus malléable. Leur point faible c'est leur cavalier. Si vous les tuez d'une flèche ou les faites tomber, leur dragon se retrouve complètement perdu. Là ils deviennent des proies faciles à abattre.

— Je vous remercie pour l'information.

Renu apparut avec une boisson. Arashi la but non sans se rappeler ce dont il était capable.

— Je m'excuse également de ne pas vous avoir cru, fit celui-ci.

— Attendez un peu, fit Lanch soudain songeur. Vous avez dit que peut-être ils protégeaient quelque chose ?

— Oui c'est ce que je pense, répondit Zokugun.

— Dans ce cas, je voudrais vous montrer quelque chose.

Lanch rassembla une petite troupe. Arashi les suivit à travers la forêt. Il avait demandé à Zokugun de l'attendre et se tenir prêt au cas où. On lui avait rendu son arc, ses flèches et son épée. Ils marchaient dans un silence total malgré leur nombre. Arashi en déduisit que Lanch était un homme de combat. Il ne semblait pas mauvais du tout bien au contraire. Lui et ses hommes semblaient visiblement bien entraîner. Ils arrivèrent au pied d'un petit monticule. C'est là que Lanch lui montra une entrée. Une sorte de grotte.

— C'est ici que mes hommes se sont fait littéralement massacrer, dit-il à voix basse.

Arashi scruta les environs avec attention. Il n'aimait pas ce qu'il ressentait subitement. Quelque chose de malsain. Il sentait la mort la détresse, la peur.

— Il y a des dragons non loin, lui confirma Zokugun mentalement. De jeunes dragons.

— Des prisonniers, fit soudain Arashi. De jeunes dragons prisonniers !

— Quoi ? fit Lanch qui ne comprenait pas.

— C'est là qu'ils ont emmené les jeunes dragons et les œufs qu'ils ont enlevés au clan des dragons rebelle ! Il faut qu'on, les sortes de là !

Lanch fit des signes à plusieurs de ses hommes. Arashi l'observa avec inquiétude et interrogation.

— Ils vont nous faire une petite diversion. Pendant ce temps, nous allons entrer là-dedans.

— Ça risque d'être dangereux.

— On vous doit bien ça après ce qu'on vous a fait subir. Et puis un peu de distraction cela ne fera pas de mal à mes hommes et à moi, continua-t-il en souriant.

Arashi comprit à ce moment-là qu'il avait gagné un allié de poids.

Ils entendirent soudain des cris et des grondements.

— La diversion, fit Lanch qui se précipita vers l'entrée de la grotte. Arashi et quelques-uns des hommes de Lanch les suivirent. Une troupe d'êtres ne ressemblant ni à des humains ni à quoi que ce soit qu'ils aient connu apparurent soudain en hurlant et brandissant leurs armes. Certains avaient une sorte de hache, d'autres des épées ou des couteaux. Arashi en abattit plusieurs avec des flèches et ressortie son épée pour finir les autres. Lanch préférait de loin le combat rapproché et s'était jeté sur eux avec son épée. Avec une partie des hommes de Lanch, il ne resta pas grand-chose de ces troupes ennemies. Arashi et Lanch entrèrent pendant que certains gardèrent l'entrée. Ce fut d'abord l'odeur qui les prit à la gorge. L'odeur du sang, de la peur et de la crasse. Arashi se sentit soudain mal. Lanch dut le soutenir le temps qu'il s'y habitue.

— Tu ressens ce qu'ils ressentent, l'informa Zokugun. Je ne pensais pas que tu serais aussi sensible. Tu risques d'être choqué par ce que tu vas voir là-dedans. Penses-tu pouvoir continuer ?

— Je n'ai pas le choix. Je dois les sortir de là !

Ils continuèrent leur chemin à travers le tunnel. Il semblait légèrement éclairé. Ils débouchèrent sur plusieurs salles fermées. Une seule était ouverte en face d'eux. Arashi eut un haut de cœur lorsqu'il aperçut ce qu'il y avait à l'intérieur. Un jeune dragon à moitié dépecé trônait sur une des tables. Il y avait du sang partout. Des morceaux stockés dans des pots transparents.

— Mon Dieu ! fit Lanch avec un regard de dégoût il mit instinctivement sa main devant son nez devant sa bouche. J'avais peur des dragons, mais jamais mon peuple n'aurait pu agir avec une telle cruauté. Même avec mon pire ennemi je n'aurais pas été jusque-là.

Arashi ne se sentit pas mieux pour autant. Il lui semblait qu'il allait vomir. Il fit néanmoins le tour de la table et s'aperçut avec effroi que le dragon était toujours vivant. Celui-ci le regardait intensément. Il eut les larmes aux yeux.

— Tu dois abréger ses souffrances ! lui cria Zokugun soudain en colère.

— Comment ? fit Arashi totalement bouleversé.

— Tue-le ! Tu n'as pas le choix !

Arashi posa sa main sur ce qui restait de son museau avant que Zokugun lui crie non.

Il reçut un énorme choc qui le fit s'écrouler à terre. Une douleur telle qu'il n'en avait jamais ressenti. Une telle souffrance… Il s'aperçut trop tard que sans le vouloir il s'était lié à lui. Lanch l'aida à le relever. Arashi sortit son couteau. Tandis que Lanch commençait à détacher ce pauvre dragon qui poussa un petit râlement.

— Je vais t'aider, fit Zokugun.

Arashi sentit une force extrême pénétrer en lui. Non seulement la douleur commençait à diminuer, mais la souffrance aussi. Zokugun prit temporairement le contrôle d'Arashi. Celui-ci leva son arme. Tandis que le dragon le regardait intensément, il perçut du remerciement dans celui-ci. Lorsque le couteau toucha sa cible, c'en fut fini. Zokugun rendit le contrôle du corps à Arashi. Celui-ci se mit dans un coin pour vomir de tout son saoul. Lanch posa sa main sur son épaule comme pour le soutenir. Arashi pleura. Il n'avait jamais ressenti une telle souffrance. Quelques instants après ils sortirent de la pièce. Ils commencèrent à ouvrir les portes un par un et firent sortir tous les petits dragons. Il y en avait de toutes les tailles et de toutes les couleurs. Au début, ils les regardèrent complètement effrayés et désemparés. Arashi du se lier à un pour qu'il puisse transmettre le message aux autres. Lorsqu'ils comprirent qu'ils étaient venus pour les sauver ils déguerpirent à l'extérieur. Arashi ne disait pas un mot. Il avait les yeux encore embrumés de larmes. Jamais il n'oublierait ce regard suppliant, ni cette souffrance.

— Une troupe ennemie approche, lui dit Zokugun. À leur odeur, je sais que ceux qui ont fait ça sont avec eux. Permets-moi de les venger comme il se doit.

— Je ne peux t'en empêcher, lui répondit Arashi. C'est ton peuple et tu es leur souverain.

— Mais nous sommes liés.

— Ton peuple passe avant notre liaison. Coupe la liaison si tu estimes que je ne devrais pas ressentir ce que tu t'apprêtes à faire. Je ne t'en voudrais pas, bien au contraire.

— Je te remercie. Daguelia a vraiment de la chance de t'avoir. Beaucoup de chance. Je vais couper la liaison un petit moment.

— J'ai compris, dit Arashi.

Il avait vu assez d'horreur pour l'instant pour ressentir ce qu'aller faire Zokugun. Il n'aimerait certainement pas être à la place de ceux-là.

— J'ai contacté mon peuple, ils vont venir chercher les survivants.

— Entendu. En attendant, nous allons prendre soin d'eux.

Arashi et Lanch s'occupaient à faire sortir les petits dragons. Ils récupérèrent aussi une dizaine de gros œufs. Tous furent conduits non loin du camp de Lanch. Renu aida à soigner certains petits. Il y prit même un certain plaisir en voyant certain qui commençait à jouer dans cet espace plus grand.

— Ce sont des enfants dragons, dit Arashi en souriant.

Zokugun revint un peu plus tard. Tous les petits se jetèrent sur lui comme s'il s'agissait d'un grand frère. Les hommes de Lanch confectionnèrent des petits paniers rembourrés pour y déposer les œufs afin qu'ils soient transportables. Ils avaient également mis le feu à la grotte.

— Je suis désolé de t'avoir demandé quelque chose d'aussi dur, dit Zokugun à Arashi lorsqu'ils eurent un petit moment d'intimité.

— Non. Ce n'est pas grave. Je n'oublierais jamais son regard. Et c'est ça que je vais me souvenir lorsque nous serons en face de l'ennemi. C'est cette image que je me souviendrais lorsque je me battrais contre eux.

Ils regardèrent les petits dragons qui dormaient en boules les uns contre les autres. Les hommes de Lanch leur avaient même donné de quoi manger.

— Arashi ? dit la voix mentale de Daguelia.

— Dag ! Tu vas bien ? demanda Arashi tout heureux d'entendre enfin sa voix.

— Disons que ce n'est pas la grande forme, mais bon… je voulais te rassurer. Par contre, je crains d'être indisponible pendant un petit moment encore.

— Ne t'inquiète pas, lança Zokugun. Si tu le permets, il sera mien pendant ce temps et je serais fier de combattre à ses côtés.

— J'en serais rassuré. Merci. Je vais donner de tes nouvelles à Lenir il commence fortement à m'énerver à force de tourner en rond autour de moi.

Arashi se mit à rire.

— Dis-lui que je reviens bientôt, ça devrait le calmer un moment.

— À oui comme ça, il va passer la nuit à scruter le ciel pour voir quand tu arriveras…

La nuit était bien entamée lorsqu'Arashi s'endormit. Le lendemain, Lanch le trouva en boule contre le ventre de Zokugun qui releva la tête à son approche.

— Je ne voulais pas vous déranger.

— Aucun problème. Je vous remercie d'avoir aidé ces petits.

— Je vous devais bien ça. Mon peuple vous devait bien ça. Et puis ç'a été un vrai bonheur de voir ces petits courir un peu partout. Cela me fait penser à mes propres enfants.

— Vous avez des enfants ?

— Oh oui cinq, de vrais petits diables !

Il repartit chercher de quoi déjeuner. La troupe de renfort arriva le matin même. C'est avec un peu de tristesse que les hommes de Lanch regardèrent partir tous les petits dragons. Certains s'y étaient habitués. Ils avaient même joué avec eux.

— Oh ne vous en faites pas, leur dit Lanch. M'est d'avis que vous les reverrez plus tôt que prévu. Il en caressa certains. Il faut dire aussi que beaucoup avaient craqué en voyant leurs petits yeux espiègles et leurs petites ailes à peine formées qui tentaient tant bien que mal de faire s'envolé ce corps un peu trop lourd.

— Arashi si tu le permets j'aimerais te dire un mot en privé avant que tu ne repartes.

Zokugun se prépara au départ pendant qu'Arashi s'entretenait avec Lanch. Ils restèrent un bon petit moment et se serrèrent dans les bras. Arashi salua Renu et se dirigea vers Zokugun. Il grimpa sur son dos. Salua encore une fois Lanch et Zokugun décolla. Ils avaient pris un autre chemin pour rejoindre la cité. Un chemin bien moins sûr que celui des petits rescapés. Arashi profita pleinement de ce vol. Il se sentait comme libéré. Le fait de sentir le vent dans ses oreilles, ses cheveux, son visage, de regarder défiler le paysage à toute vitesse. C'était comme s'il rechargeait ses batteries. Il était encore un peu fatigué. Ayant vomi la plupart du breuvage miracle de Renu. Il n'avait pas osé en redemander d'autres, et Renu ayant eu un coup de foudre pour ces petits dragons avait passé le plus clair de son temps avec eux. Il en avait soigné beaucoup. Arashi fut soulagé d'apercevoir au loin la cité. Le soleil se couchait déjà. Il fut à peine arrivé qu'il fût assailli par Lenir qui voulait absolument l'examiner. Arashi se précipita pour voir Daguelia en priorité. Une fois qu'il eut pu constater qu'elle se portait mieux il accepta, plus par épuisement qu'autre chose de se soumettre à tous les caprices de Lenir. Il se retrouva donc peu après dans son propre lit avec Angel qui était censé le surveiller de près. Il fut néanmoins heureux de ne pas dormir seul ce soir-là, d'avoir quelqu'un qu'il aimait près de lui. C'est avec ses pensées qu'il s'endormit enfin sereinement.

Il ne se réveilla que le surlendemain. D'abord en colère, il voulut demander des explications à Lenir. Mais Daguelia l'interpella et le menaça de ne pas se tenir tranquille si lui aussi ne le faisait pas. Il se résigna tout d'abord et rejoignit la salle de conseil. Il y trouva Enrich qui semblait l'attendre.

— Bien te voilà réveillé, nous allons pouvoir commencer. Je viens de finir d'inscrire tous nos plans. Nous en aurons pour la journée alors il n'y aura pas de conseil aujourd'hui.

C'est fort tard dans la soirée qu'il retourna dans ses quartiers. Après avoir été rendre visite à Daguelia, se soumettre aux énièmes contrôles de Lenir et prendre ses divers remèdes… Il soupçonna Zokugun de lui avoir dévoilé ce que lui-même n'aurait pas dit. Il retrouva Angel avec satisfaction. Elle se doutait bien qu'il avait vécu une chose horrible, mais ne lui demanda rien. Il en fut content.

Il n'aurait pas voulu lui en parler. Ni à elle ni à qui que ce soit d'ailleurs. Après enquête, il s'avérait que c'était un endroit où ils faisaient des expériences sur les jeunes dragons. Il avait également fait des recherches sur les êtres qu'ils avaient rencontrés. Ils ressemblaient en fait à d'autres êtres appelés les gobelins. Avec leurs oreilles pointues et leurs dents acérées. Leur peau d'une couleur verdâtre et leur regard de tueurs… Ce sera sûrement une des troupes au sol qu'ils devront combattre prochainement.

Il se passa quelques jours sans qu'il ne se passe quoi que ce soit. Daguelia commençait enfin à pouvoir se déplacer, mais ne pouvait toujours pas voler. Arashi s'entraînait avec Zokugun pratiquement tous les jours. Ils emmenaient également une petite troupe d'élite.

Arashi avait repris les séances du conseil, même si dans l'immédiat tous étaient en train de peaufiner leurs défenses et certains peuples avaient été contraints de se mettre à l'abri étant visiblement sur le terrain ou la bataille avait certainement lieu.

Dans la cité, Enrich et certains des inventeurs avaient eu le temps de peaufiner de nouvelles armes. Ils semblaient enfin prêts. Tous redoutaient le jour de la bataille.

Arashi était en train de vérifier des détails avec certains des représentants dans la salle du conseil, lorsqu'Enrich entra précipitamment dans la salle de conseil.

— L'ennemi arrive !

13

Le vent lui fouettait la figure, mais Arashi appréciait grandement le fait de pouvoir voler. Il fallait qu'il se calme. La guerre avait commencé. L'empire des ombres n'avait pas lésiné sur les moyens. Il avait lancé bon nombre de troupes au sol, des soldats et des dragons terrestres. Des archers et des dragons volants. Enrich qui était le chef des armées avait décidé pour d'obscures raisons qu'Arashi serait en retrait. Il devait survoler les divers champs de bataille et informer Daguelia par l'intermédiaire de Zokugun. Ils changeaient de stratégies en fonction des informations récoltées. Cela avait fortement énervé Arashi qui ne put que céder face au maître d'armes. Il avait d'ailleurs sous-entendu par divers conseillers que son père avait bon nombre d'erreurs lorsqu'il était revenu de sa mission de reconnaissance et après vérification, il s'avérait qu'il avait lui aussi trouvé quelques anomalies. Heureusement qu'Enrich y avait mis son grain de sel et qu'il avait rectifié immédiatement certaines de ses décisions. Cela leur aurait coûté bon nombre de vies depuis le début de la bataille. Arashi avait effectué sa petite enquête. Il est vrai qu'il n'avait pas connu vraiment son père et ne pouvait donc pas donner sa propre opinion ou n'avait rien remarqué. Arashi avait volé toute la nuit, il avait transmis bon nombre d'informations et s'apprêtait à rentrer. Ils avaient par mégarde approché la zone de l'empire de l'ombre et bien qu'ils soient en hauteur cela ne plaisait pas du tout à Arashi. Il sentit soudain l'hésitation de Zokugun.

— Qu'est-ce qu'il y a ? lui demanda celui-ci.

— J'ai cru entendre une demande d'aide de la part d'un dragon.

— Un dragon ?

— Un certain Denshi, un dragon adulte visiblement.

— C'est impossible ! lui répondit Arashi.

Denshi était le dragon de son père. Il l'avait vu mort ! Peut-être était-ce un autre dragon.

— C'est bien le nom que j'ai senti pourtant, insista Zokugun.

— Est-ce que plusieurs dragons peuvent avoir le même nom ?

— Non, c'est impossible. Chaque dragon vivant à son propre nom. Même si on ne connaît pas les autres clans par instinct on a tous un nom différent.

— Alors il y a un problème. Denshi était le nom du dragon de mon père et je l'ai vu mort.

Arashi réfléchit un moment. Il ne comprenait pas. Que cela pouvait-il signifier.

— On devrait aller vérifier ça, proposa Zokugun.

— Je le crois aussi.

— Enrich ne va pas apprécier cela.

— Il est loin.

Ils firent demi-tour et Zokugun tenta de repérer le signal. Il se rappelait exactement là où il l'avait senti. Ils restèrent bien en hauteur afin de ne pas se faire repérer. Il faisait encore nuit, mais le jour ne tarderait pas à se lever. Ils avaient eu l'ordre de revenir à la cité afin de s'y reposer.

Zokugun approcha enfin du lieu.

— Je le sens, mais plus faiblement cette fois-ci.

— Alors, dirige-toi vers le signal. Fais en sorte de ne pas nous faire repérer. L'ennemi est tout proche.

Zokugun vola en cercle un moment afin de repérer précisément le lieu exact.

— Là ! dit-il. Sur le flanc droit de cette petite montagne.

Heureusement, c'était totalement à l'opposé de la sombre montagne de l'empire.

— On va devoir se poser, annonça Arashi.

— Il y a une entrée là, l'informa Zokugun en lui projetant l'image par télépathie.

Ils descendirent lentement et Zokugun se posant non sans trop de difficulté au beau milieu d'un petit espace sans arbres. Il avança de façon à ne pas être visible du ciel en dessous des arbres.

— Je te préviens, s'il y a du grabuge j'aurais du mal à décoller.

— Tu feras de la place avec tes flammes ! lui dit Arashi en sautant à terre. Il prit son arc et son épée au cas où.

— On reste en contact,

— Prépare-toi à décoller en vitesse au cas où.

— Daguelia ne va pas être contente s'il t'arrive quelque chose !

— Je ferais attention !

 Arashi disparut dans la grotte. Il eut des frissons dans le dos. Il ressentait quelque chose d'étrange. Il sentait le dragon. Il ressentait son désespoir, sa peur. Il ne semblait pas blessé plus que ça. Il semblait choqué et comme endormi. Arashi avançait doucement et lentement son arc à la main. Deux êtres ressemblants aux gobelins apparurent. Ils reçurent, chacun d'eux une flèche les réduisant au silence pour l'éternité. Il n'avait pas de pitié pour de tels êtres qui se nourrissait non seulement de chair humaine, mais aussi de la souffrance de divers êtres. Il se souvenait très bien du pauvre jeune dragon qu'il avait été obligé de tuer pour abréger ses souffrances. Il n'oublierait jamais son regard. Il redoutait toutefois ce qu'il allait rencontrer plus loin. Bien que cette fois il ne ressentît aucune souffrance physique et ne sentait aucunement l'odeur du sang. Il s'enfonça encore plus loin dans le tunnel. Celui-ci était tellement grand que même un dragon de la taille d'Enrich aurait pu y entrer en serrant ses ailes. Il aperçut une faible lueur au loin. Il n'entendait toujours aucun bruit. Il continua sa route en direction de cette lumière. Il pénétra dans une vaste salle semblable à celle qu'il avait déjà visitée lorsqu'il avait découvert ce jeune dragon. Mais cette fois pas de table ni de sang. Non, le dragon était là complètement entravé de toutes parts. Il ne pouvait pas bouger. Il avait une sorte de tige souple plantée dans une de ses pattes. En suivant cette tige, il découvrit qu'elle était reliée à un récipient posé un peu plus loin.

— Il faut que tu lui enlèves ça, lui dit Zokugun. C'est ce qui semble le rendre hagard.

Arashi s'approcha de la patte et réussit tant bien que mal à lui retirer cette tige. Un peu de sang coula. Il tamponna avec un morceau de tissu qu'il déchira de ses vêtements. Il commença alors à enlever les liens d'entrave petit à petit en faisant bien attention. Le dragon était inconscient.

— Cette drogue lui a fait perdre connaissance.

— Si nous ne rentrons pas, on va se faire incendier par Enrich et Daguelia. Et je ne parle pas de Lenir…

— Je pense que de toute façon nous ne pourrons pas repartir de sitôt. Ce dragon semble bien endormi. Et je doute que tu puisses le transporter. D'autre part, le jour se lève. Nous sommes en plein territoire ennemi.

— Dans ce cas dit à Daguelia qu'on a dû se poser à l'abri. On se repose ici et on repartira dès le coucher du soleil. J'espère que d'ici là notre ami va se réveiller.

— Même s'il se réveille il ne pourra certainement pas encore voler.

— On ira à pied s'il le faut.

— Il y a une rivière non loin si je me souviens bien. On pourra marcher devant sans attirer l'attention en pleine nuit.

— Entendu en attendant je vais essayer de me reposer. À mon avis, le réveil risque d'être assez explosif, autant que je m'y prépare.

— Je te conseillerais de t'éloigner le temps qu'il reprenne ses esprits.

Arashi tenta de dormir malgré le lieu. Il ne réussit à dormir que quelques heures. Il fut réveillé par les mouvements du dragon. Mais ce fut lorsque celui-ci leva la tête qu'il le reconnut vraiment. Il fut tellement surpris qu'il en oublia les règles de sécurité. Il faillit être piétiné. Les mouvements de celui-ci étaient encore imprécis et il semblait avoir atrocement mal partout. Sans doute, le fait d'avoir été entravé aussi longtemps y était pour quelque chose.

— Denshi ?

Le dragon arrêta de bouger un moment pour regarder plus attentivement Arashi.

— Tu ne fais pas partie de ceux qui m'ont entravé. Je le sens. Je suis libre ?

— Je t'ai détaché et j'ai tué tes geôliers.

— Tu es Arashi ! Le fils de mon maître ! s'écria-t-il soudain en reconnaissant celui-ci.

— Je te croyais mort !

— Je comprends alors pourquoi personne n'est venu me sauver dans ce cas.

— Il vaudrait mieux partir d'ici.

— Il faut détruire cet endroit. De cette façon, ils penseront peut-être que je suis mort.

— Entendu. Tu peux te déplacer ?

— Oui, mais je ne pourrais pas voler. Je vois que tu es venu avec un allié de poids ! Mais je ne comprends pas n'étais-tu pas lié à Daguelia ?

— Je suis lié aux deux en fait, mais c'est une longue histoire.

Denshi attendit qu'Arashi passe devant pour lancer des flammes avec sa gueule. L'intérieur de la pièce croula rapidement sous les flammes. Ils sortirent aussi rapidement que Denshi le pouvait. Il avait des douleurs partout et ne voyait pas encore très bien. Il suivit Arashi à son odeur. Lorsqu'ils sortirent, il faisait déjà jour. Ils se dirigèrent au milieu des arbres rejoindre Zokugun.

Ils attendirent non loin de là le coucher du soleil. Comme l'avait pensé Arashi, Daguelia était en colère. Mais ce n'était rien comparé à la fureur d'Enrich selon Zokugun. Il n'avait pas dévoilé l'identité du dragon qu'ils étaient partis sauver. Si Arashi ne s'était pas trompé, cette révélation pourrait fort atténuer leur colère en apprenant la vérité. Arashi en profita pour trouver quelques herbes à faire avaler au dragon pour lui redonner quelques forces. Ils commencèrent leur voyage de retour à la tombée de la nuit.

Ils trouvèrent facilement la rivière. Arashi était sur le dos de Zokugun qui avait pris la tête. Ils marchèrent au beau milieu de celle-ci. Zokugun réussit même à attraper plusieurs poissons qu'il donna à Denshi. Celui-ci ne se fit pas prier pour les avaler. Si la rivière avait l'avantage de couvrir leur bruit, elle avait l'inconvénient de couvrir également celle d'éventuels ennemis. Zokugun scrutait néanmoins les environs avec attention. L'eau froide semblait avoir revigoré Denshi. Celui-ci avançait plutôt bien malgré ses muscles encore endormis et sa fatigue. Ils préférèrent ne pas dire un mot. Arashi aurait bien voulu lui poser des tas de questions, mais il ne valait mieux ne pas attirer l'attention sur eux. Zokugun donnait régulièrement des nouvelles à Daguelia. Celle-ci communiqua mentalement avec Arashi.

— Je ne suis pas très contente de toi en fait.

— Quand tu verras de quel dragon il s'agit, tu comprendras que je n'ai pas pu agir autrement, lui répondit simplement celui-ci.

Au bout d'un moment, Zokugun s'arrêta net. Denshi faillit le percuter, mais devint aussi immobile qu'une pierre. Zokugun sortit doucement de la rivière et Denshi le suivit. Ils se postèrent à l'abri derrière un groupement d'arbres.

Arashi entendit soudain ce qui avait interpellé Zokugun. Une bataille avait lieu non loin. Il s'agit d'une de nos troupes, affirma soudain Zokugun. Ils semblent en mauvaise posture.

— Dans ce cas, nous n'avons pas d'autres choix que de les secourir.

— Allez-y je resterais ici en attendant. De toute façon, je ne pourrais pas faire grand-chose, répliqua Denshi avec regret.

Zokugun n'eut pas besoin de demander confirmation à Arashi ils s'élancèrent en direction du bruit. Bien que Zokugun soit plus doué pour l'attaque en vol il pouvait également se battre à terre. Un dragon, quel qu'il soit de toute façon était un dragon. Que ce soit en vol ou au sol ils étaient tout de même fort dangereux. Arashi prépara son arc et ses flèches. Ils comptaient sur l'effet de surprise. C'était une troupe de dragons terrestres. Ils avaient été encerclés par un groupe de gobelins qui étaient munis de flèches pour certains et pour d'autres d'épées. Ceux munis de flèches s'étaient perchées dans les arbres ce qui les rendait quasiment invincibles. Les troupes de dragons terrestres étaient non seulement attaquées par les gobelins munis d'épée, mais étaient également assaillies de flèches de toutes parts. Il y avait beaucoup de blessés. Arashi n'eut pas besoin d'exposer son plan de bataille à Zokugun. Celui-ci comprit instantanément ce qu'il voulait faire. Les gobelins archer se retrouvèrent carbonisés dans leurs arbres. Arashi renversa la situation, il lança des flèches aux gobelins qui portaient des épées.

— C'est Arashi ! lança soudain l'un des hommes perchés sur un des dragons de terre. C'est Arashi ! Le prince est venu en personne !

Cette seule phrase suffit à leur redonner du baume au cœur. Ceux qui le pouvaient encore se jetèrent sans hésitation dans la bataille avec leurs dernières forces. Lorsqu'ils eurent fini, il ne resta pas grand-chose des gobelins restants. Ils récupérèrent Denshi, soignèrent rapidement les blessés et prirent le chemin du retour. Ils marchèrent ainsi plusieurs heures au pas. Certains étaient blessés, mais cela ne les empêchait pas de suivre la cadence. Ils étaient fiers. Fière de marcher au côté d'Arashi. Ils avaient déjà entendu parler de lui. Lui qui avait déjà sauvé auparavant, une autre troupe en difficultés. Cette histoire avait fait le tour des troupes. Ils rencontrèrent une autre troupe alliée et celle-ci les raccompagna jusqu'à la cité. Ils arrivèrent ainsi accompagnés en plein milieu de la nuit. Enrich et Daguelia les attendaient de pied ferme. À leur expression, Arashi sentit qu'il allait passer un sale moment. Mais lorsqu'ils aperçurent Denshi, ils se ravisèrent. Ils regardèrent au contraire Arashi avec attention et étonnement. Évidemment Lenir se précipita aussitôt sur Arashi, mais lorsqu'il aperçut Denshi il stoppa net.

— Mais c'est impossible ! Je croyais qu'il était mort !

— Je ne me rappelle pas ce qui s'est passé, dis celui-ci visiblement désespéré. Je ne sens plus Lanty notre roi. Je ne le sens plus !

— Une chose est sûre, c'est qu'il ne peut pas être mort !

— Comment ça ? demanda soudain Arashi. Je ne comprends pas ! J'ai assisté personnellement à la mort de mon père !

— Parce que s'il était mort son dragon le serait également ! Informa Lenir.

— Il a tout à fait raison. Je confirme que ce dragon est bien Denshi.

— Quoi ? Ça voudrait dire que mon père serait encore en vie ! Quelque part ! Mais qui était celui qui a été tué dans ce cas ?

Arashi s'apprêtait à repartir, mais Enrich et Lenir le retinrent.

— Non ! Je dois aller le chercher ! Dieu seul sait ce qu'il doit subir depuis des levers de soleil !

— Et tu comptes aller où comme ça gros malin ! lui cria dessus Enrich. Avant de faire quoi que ce soit, il faut que nous en apprenions plus !

C'est à ce moment-là que le prêtre fit irruption. Il regarda tout le monde tour à tour.

— Je pense savoir ce qu'il se passe, leur dit-il en baissant la tête.

Ils rentrèrent tous à l'intérieur et Denshi fut confié aux bons soins des soigneurs. Cette petite escapade l'avait beaucoup fatigué et il tenait à peine debout.

Ils se réunirent tous à la salle de réunion. Un repas et des boissons leur furent apportés. Lenir veillait bien évidemment à ce qu'Arashi mange plus que son dû. Il se doutait bien que celui-ci n'avait rien dans le ventre depuis la veille.

— Il y a bien longtemps, il existait une civilisation aujourd'hui disparue. Celle-ci s'appelait les Ormèques. Ils avaient une avance technologique fort avancée. Surtout au niveau de la santé. Les bruits couraient qu'ils avaient le savoir de la duplication.

—Le savoir de la duplication ? répéta Arashi. Mais ça veut dire quoi ?

— Qu'ils pouvaient répliquer n'importe quel individu ou animal.

— Vous voulez dire que l'empire aurait hérité de ce savoir ? demanda Enrich. Mais comment ?

—Aussi puissants fussent-ils, il semblerait qu'ils aient été vaincus par l'empire précédent. Ils disparurent et personne n'en entendit parler jusqu'alors. Il reste quelques écrits dans nos registres par-ci par-là. Il semblerait d'après la légende qu'il resterait certains de ce peuple par-delà la longue étendue d'eau.

— Attendez ! lança soudain Arashi qui venait de comprendre. S'ils ont réussi à dupliquer Lenir, et sans doute mon père alors n'importe lequel d'entre nous peut-être une copie ?

Tous se regardèrent un moment avec méfiance.

— Une chose est sûre, dit Daguelia, tu n'es certes pas une réplique. Parce qu'aucune réplique ne pourrait communiquer avec un dragon tel que moi ou Zokugun sans être liée personnellement.

— Dans ce cas, ça voudrait dire que mon père serait vivant !

— Ça veut dire aussi que nous avons une taupe dans la cité, dit Enrich. Une taupe bien placée pour correspondre avec l'ennemi.

— Je pense qu'il devait y en avoir deux en fait, informa Le prêtre.

— Il va falloir la trouver coûte que coûte. Si jamais elle sait que le dragon de mon père est revenu, l'empire sera aussitôt prévenu et sa vie sera en danger.

— Je vais aussitôt mettre Denshi en lieu sûr, lança aussitôt Enrich en se levant. Quant à vous, vous devez vous reposer. Lenir occupe-toi de lui et veille à ce qu'il dorme cette nuit. Demain, il repart en observation. Et la prochaine fois j'aimerais bien que vous nous informiez avant de partir seul en mission de sauvetage.

Enrich sortit de la salle sans se retourner. Arashi n'eut d'autre choix que de suivre Lenir dans sa suite. Il y retrouva Angel qui lui sauta dessus sans ménagement. Elle se fit réprimander aussitôt par Lenir. Elle s'excusa. Lenir les laissa seuls un moment et revient le soir avec le repas et une boisson pour Arashi. Il dut la boire entièrement sous l'œil avisé de Lenir et d'Angel. Cette nuit-là, il dormit d'un seul trait. Le lendemain, il se douta fort bien que Lenir y était sûrement pour quelque chose. Il repartit en mission

d'observation une fois pris son déjeuner apporté bien
évidemment par Lenir.

14

Ce fut encore de fort mauvaise humeur qu'Arashi repartit en mission ce matin-là. Lui, qui n'avait qu'une envie, de retrouver son père. Il commençait sérieusement à se poser des questions sur Enrich. Il se demandait bien pourquoi celui-ci s'obstinait à le mettre à l'écart de la bataille. Bien qu'Arashi soit devenu roi, il n'avait aucun pouvoir face au chef des armées. De plus même si tout le monde semblait l'apprécier il douta fortement qu'il le choisisse lui, à la place d'Enrich qu'ils connaissaient depuis des années. Enrich qui avait maintes fois prouvé sa valeur. La journée se passa comme les jours d'avant. Arashi commençait fortement à s'ennuyer et il sentait que Zokugun lui aussi n'en pouvait plus bien qu'il fasse d'énormes efforts pour le cacher. Le soir cependant alors qu'il s'apprêtait à rejoindre sa chambre après avoir mangé il entendit une conversation entre le prêtre et Enrich.

— Je ne comprends pas, disait le prêtre. Cela aurait dû se réveiller depuis le temps. En plus, il est lié à deux dragons ce qui ne s'est jamais vu jusqu'à présent.

— Est-ce que cela pourrait bloquer son évolution.

— Je ne le pense pas.

— Dans tous les cas, je ne pourrais pas le maintenir encore très longtemps loin de la bataille. Et Zokugun non plus d'ailleurs. Il est peut-être jeune, mais il est loin d'être bête et à un moment donné il va forcément se poser des questions.

— Je comprends.

— La bataille se présente mal. Plus on en élimine et plus il y a d'ennemis. À ce rythme-là, on ne tiendra pas plus de deux mois. Il faut absolument qu'Arashi évolue.

— Je vais voir ce que je peux faire, répondit le prêtre en se levant.

Arashi se faufila rapidement dans le couloir suivant. Il était encore sous le choc de ce qu'il venait d'entendre. Il se dirigea vers la bibliothèque personnelle de son père. Il s'assit un moment pour réfléchir.

Mais de quelles évolutions parlaient-ils ? Qu'est-ce que cela signifiait ? Depuis un moment, je pensais que ma vie était dirigée… Mais là… C'est encore pire. Dois-je encore leur faire confiance ? Il se leva et parcourut les livres du regard. Son père devait forcément avoir la solution. Ce fut dans le fond de la grande bibliothèque qu'il trouva de vieux parchemins. Il les déroula et fit de gros yeux en les lisant. Cela parlait de la légende de l'empire et de leur sauveur. Celui qui allait se lier aux deux chefs de dragon. Celui qui serait le seul à pouvoir vaincre le roi de l'empire de l'ombre. Celui dont les pouvoirs allaient se réveiller.

— Des pouvoirs ? Mais de quoi ils parlent ? demanda tout haut Arashi.

L'autre parchemin parlait du peuple des Ormèques. Le sauveur allait devoir faire appel à eux pour pouvoir combattre totalement l'empire des ombres. Il allait devoir les rechercher par-delà la grande étendue d'eau. Il découvrit une petite carte. Arashi resta un moment à lire les anciens manuscrits. Il se réveilla le lendemain complètement couché sur le bureau de son père. Il rangea rapidement les anciens manuscrits, prit la petite carte qu'il cacha dans son vêtement et se dirigea vers la salle de déjeuner. Il mangea rapidement, se prépara quelques vivres qu'il cachât sur le dos de son dragon avant de repartir en mission. Zokugun fronça les yeux en l'apercevant.

— Je t'expliquerais plus tard.

— Pas besoin, répondit celui-ci. J'ai compris et je te suis.

Ce jour-là ils continuèrent à donner divers renseignements sur les positions de l'ennemi et profitèrent de la pause déjeuné pour s'envoler en direction de la grande étendue d'eau. Ce fut tard dans la soirée qu'ils l'atteignirent. Ne sachant pas combien de temps il fallait pour la traverser Arashi décida de dormir sur place cette nuit-là, et de partir au lever du jour. Il espérait seulement qu'Enrich ne lancerait pas les recherches dans cette direction. Il laissa Zokugun se restaurer à sa guise et se reposer jusqu'au petit matin.

Ils décolèrent juste à temps avant d'apercevoir au loin plusieurs petits points noirs dans le ciel qui semblaient se diriger vers eux. Zokugun entendait au loin les appels de Daguelia. Il les ignora totalement comme lui avait ordonné Arashi. Il espérait seulement qu'elle lui pardonnerait. Ils volèrent au-dessus de l'eau jusqu'au soir. Arashi tenta en vain de se repérer, mais il ne voyait rien à part cette vaste étendue d'eau. Zokugun pouvait encore voler un bon moment avant d'être épuisé. Il leur fallut deux jours avant d'apercevoir enfin une terre. Ils se dirigèrent aussitôt vers elle. Arashi n'avait pas dormi et avait très peu mangé. Ils atterrirent en catastrophe sur la plage complètement épuisée.

Arashi sursauta lorsqu'il se réveilla. Il se trouvait dans une petite salle sur un lit totalement étrange, mais fort confortable. Il pensa aussitôt à Zokugun. Il se leva trop subitement et eut des vertiges. Il attendit que cela se calme avant de se diriger vers ce qu'il considère comme une porte. Elle n'était pas en bois, mais dans une matière dure et plutôt ni trop chaude ni trop froide. D'autres lits se trouvaient non loin. Il aperçut une sorte de tige extrêmement dure et la prit. Cela pourrait servir pour se défendre au besoin. Il tenta en vain de contacter Zokugun. Il sortit donc doucement et se retrouva au milieu de plusieurs couloirs. Il en prit un au hasard et courut au milieu. Il atterrit alors au beau milieu d'une salle. C'est là qu'il les aperçut. Arashi se mit automatiquement en position de défense. D'étranges êtres qui semblaient travailler sur diverses tables inclinées avec des lumières de plusieurs couleurs s'étaient arrêtés et le regardaient sans bouger. Ils étaient habillés étrangement. Leur vêtement leur collait à la peau et était de couleur gris clair. Ils n'avaient pas de cheveux, mais de grosses oreilles un peu pointues et de gros yeux.

Un être semblable apparut accompagné de deux autres. Celui-ci avait un vêtement qui le collait au corps d'une couleur différente. Les deux autres avaient le même vêtement, mais d'une couleur blanche.

— Nous vous cherchions partout. Pourquoi êtes-vous sorti de l'infirmerie ?

— Infirmerie ? répéta Arashi. Mais qui êtes-vous ?

— Nous sommes le peuple des Ormèques. Si vous avez pu voler jusqu'ici à dos de votre dragon c'est que vous faites partie du peuple des dragons.

— Et mon dragon ? Pourquoi je ne peux plus communiquer avec lui ?

— Il dort profondément. Nous lui avons donné un remède qui le rendra en pleine forme d'ici quelques heures à peine. Tout comme vous.

— Je veux le voir.

L'être regarda les deux infirmiers et posa son regard sur Arashi.

— Vous semblez aller beaucoup mieux jeune homme. Votre ami est dans une autre pièce, vu sa taille nous ne pouvions pas le mettre dans la même pièce que vous. Suivez-nous.

Arashi suivit l'être qui était toujours accompagné des deux infirmiers. Il garda néanmoins cette tige au cas où. Ils n'avaient jamais vu ces êtres et il est vrai que dans les parchemins ils n'en avaient pas fait une description non plus. Mais ils étaient bien plus beaux et semblaient bien plus propres que les Gobelins. Ils se dirigèrent bien plus loin qu'Arashi ne l'aurait cru. Il se demandait même s'ils ne commençaient pas à le faire balader lorsqu'ils arrivèrent dans une vaste pièce. Zokugun se trouvait au beau milieu de celle-ci et semblait dormir profondément. Il se dirigea en courant vers lui. Il trouva encore ses armes sur son dos. Ils n'avaient touché à rien. Il prit son arc et ses flèches et attacha son épée autour de la taille.

L'être le regardait.

— Nous savons qu'il s'agit de vos armes. Mais ils vous seront totalement inutiles ici.

— Je… J'étais venu voir comment était le peuple des Ormèques, commença Arashi.

— Visiblement, l'empire des ombres est passé à l'attaque, dit l'être. Je m'appelle Ori. Je suis l'actuel dirigeant des Ormèques. Notre peuple est censé vous aider si votre représentant le demande. Ce que vous semblez être assurément en regardant ce dragon.

— Pourquoi être partis ? Pourquoi l'empire des ombres possède le savoir de duplication.

— Le savoir de duplication ? demanda Ori sincèrement étonné. Ce n'est pas possible ! Tout a été détruit avant notre départ ! Notre peuple s'est sacrifié afin que nous puissions partir. Afin qu'ils croient que nous ayons entièrement été anéantis.

— Et pourtant, ils ont non seulement dupliqué mon soigneur, mais aussi mon père et son dragon visiblement.

— Alors l'affaire semble plus grave que je ne le pensais. Restez ici, je vais parler avec mes conseillers et je reviens dès que j'ai plus d'informations.

Arashi resta près de Zokugun. Les deux infirmiers étaient postés non loin de l'entrée et restaient immobiles impassibles.

Zokugun commença à bouger.

— Je suis là, lui dit Arashi. Nous sommes chez les Ormèques.

— Nous les avons trouvés ? Je ne me souviens pas.

— Non en fait c'est eux qui nous ont trouvés.

— Ah, je vois. Que vont-ils faire ? Nous aider ?

— Je ne sais pas. Leur chef Ori est parti discuter avec ses conseillers.

— Nous ne pouvons pas rester trop longtemps. Notre peuple a besoin de nous. S'ils ne nous aident pas, nous devons repartir au plus vite.

— Je crains malheureusement que cela ne soit pas possible, dit Ori qui venait de revenir.

— Bien que vous soyez le nouveau roi de l'empire des dragons, il semblerait que votre évolution ne soit pas complète.

— Évolution ? demanda Arashi. Mais de quoi parlez-vous ?

Il se souvint soudain de la discussion qu'il avait entendue entre Enrich et le prêtre.

— Il est vrai bien qu'Arashi se soit lié à moi et à Daguelia, il n'a pas développé tous ses pouvoirs, informa Zokugun.

— Mais de quoi parlez-vous ?

— En te liant à Daguelia tu te souviens avoir eu de la fièvre pendant quelques jours n'est-ce pas ?

— Oui c'est vrai, mais…

— Vous avez mêlé votre sang avec celui de votre dragon et vous n'avez toujours pas développé vos pouvoirs ? dit Ori.

— Mes pouvoirs ? Le seul que je possède est de pouvoir donner de la force vitale à tout ce qui vole y compris les dragons.

— Quelque chose semble les avoirs bloqués, comprit Ori.

— Et quels seraient ces pouvoirs ?

— Nous ne le savons pas nous-même. Ce que nous savons c'est qu'ils vont vous permettre de combattre le grand seigneur noir de l'empire des ombres.

— Tout le monde semble le savoir sauf moi.

Il les regarda tour à tour.

— Quoi qu'il en soit, reprit Arashi en se relevant, nous ne pouvons pas rester ici plus longtemps. Notre peuple est en guerre et nous devons les aider.

— Je crains encore une fois de vous dire que cela n'est pas possible, répéta Ori plus sérieusement.

— Vous n'allez tout de même pas nous empêcher de repartir ?

— Il vous faut absolument développer vos pouvoirs avant de repartir. Avez-vous été capturé par l'ennemi à un moment donné ?

— Oui par la duplication de mon soigneur en effet.

— Et que vous ont-ils fait ?

— Ils m'ont pris du sang et bloqué la communication avec mon dragon auquel j'étais lié en premier.

— Dans ce cas, il y a une solution. Refaire le lien avec ce dragon.

— Mais c'était avec Daguelia pas Zokugun ?

Cela n'a aucune importance les deux dragons sont liés.

Les deux dragons sont roi et reine de leur peuple.

Arashi regarda Zokugun. Il avait compris ce qu'il voulait dire par lier. Lier tout comme lui-même c'était lié à Angel.

— Désolé de ne pas te l'avoir dit, c'est en fait tout récent.

— Je suis surpris, mais aussi heureux, dit simplement Arashi.

— Nous pouvons toujours essayer, fit Zokugun. De toute façon, je veillerais sur toi quoiqu'il arrive.

— Je te fais entièrement confiance.

Arashi se positionna devant Zokugun. Celui-ci se releva. Il leva une de ses pattes et griffa Arashi en pleine poitrine avant que celui-ci n'ai eu le temps de réagir. Il s'écroula d'abord sous la douleur. Il se griffa une de ses pattes et lécha le sang. Il lécha ensuite la blessure d'Arashi. Celui-ci cria de douleurs et il sombra dans l'inconscience. Ori et les deux infirmiers s'apprêtaient à les rejoindre, mais Zokugun leur grogna dessus.

— Il est hors de question que vous touchiez à Arashi leur cria-t-il.

— Mais vous savez que cette liaison peut mal tourner, il peut en mourir.

— Il survivra !

Zokugun rapprocha délicatement le corps d'Arashi avec une de ses pattes. Ori envoya les infirmiers chercher quelque chose. Ils revinrent avec divers ustensiles, mais Zokugun refusa qu'ils touchent à Arashi.

— Vous ne pourrez pas le garder éternellement. Vous devez vous aussi vous occuper de vous et vous restaurez.

— Je ne bougerais pas d'ici tant qu'Arashi n'ira pas mieux.

— Nous pouvons soulager sa fièvre, nous pouvons l'aider à accélérer la liaison. Notre savoir médical est bien supérieur à la vôtre !

— Ça, on avait bien remarqué ! rétorqua Zokugun. Surtout depuis que l'ennemi a réussi à dupliquer certains de notre entourage.

— Nous pensons savoir comment cela put arriver. L'ennemi a dû tomber sur les ruines de l'un de nos complexes bien que nous pensions les avoir tous détruits.

— Plutôt léger comme excuse.

— Cela est la seule explication plausible pourtant. Laissez-nous vous aider. Notre devoir et d'aider le porteur d'espoir à vaincre définitivement l'empire des ombres. Si nous vous voulions du mal, nous aurions pu le faire alors que vous étiez inconscient.

— J'accepte à une seule condition, qu'Arashi reste auprès de moi.

— Pas de problème, dit Ori en faisant signe à ses deux infirmiers.

Ils se précipitèrent sur Arashi. Zokugun ne comprit pas tout ce qu'ils faisaient, mais sentit nettement une amélioration dans l'état de santé d'Arashi. Celui-ci se réveilla au bout de trois jours. Les Ormèques durent apporter de quoi manger à Zokugun afin qu'il garde sa vitalité pour repartir.

— Zokugun ?

— Tout va bien. Les Ormèques nous ont aidés. Tu serais encore totalement inconscient s'ils ne l'avaient pas fait.

— Avant de repartir, fit Ori, après bien sûr avoir récupéré votre santé, il vous faudra développer vos pouvoirs.

— Comment je saurais que cela aura fonctionné ?

— Un énorme mal de tête devrait vous prévenir, fit l'un des infirmeries.

— Je prépare mes troupes et attendez-vous à nous voir à l'œuvre au combat plus tôt que vous ne le pensiez. Quant à vous jeune prince Arashi vous devez retrouver votre père. Je suppose qu'il doit être captif dans la tour même de l'empire. Vous repartez demain à l'aurore. Mes infirmiers vous donneront de quoi tenir la route et un fortifiant pour vous remettre plus facilement.

Arashi repartit donc le lendemain sur le dos de Zokugun. Ils volèrent en sens inverse avec quelques provisions et la seule promesse de l'intervention du peuple des Ormèques. Heureusement, il faisait beau et le ciel était clair. Ils volèrent en ligne droite. Arashi mangea directement sur le dos de son compagnon. Il s'apprêtait à faire une sieste lorsqu'une violente décharge dans la tête le fit perdre connaissance. Il se réveilla à la tombée de la nuit. Il était allongé sur le sol à côté de Zokugun.

— Nous sommes arrivés ?

— Oui. Je dois me reposer et nous partirons directement en direction de l'empire. Je crains qu'Enrich ne nous en empêche si nous retournions à la cité.

— Je suis d'accord avec toi. Mais faudra prévenir Daguelia que nous allons bien. Autrement elle risque de tout casser.

— Je pense aussi, mais j'attendrais que nous soyons déjà loin. Nous allons voler quand il fera encore nuit afin d'être le plus discret possible. Nous arriverons très tôt demain. Si jamais il devait arriver, quoi que ce soit sache que j'ai été et je suis extrêmement fier de me battre à tes côtés.

— Je suis fier d'appartenir au peuple des dragons et je suis fier que toi et Daguelia m'aient choisi.

15

— Comment ça Arashi et Zokugun ne sont pas revenus ! cria Enrich à l'un de ses subordonnés.

— Nous n'avons pas eu de nouvelle depuis la pause déjeuné. Daguelia n'a pas non plus eu de nouvelle.

— Je crains que nous ayons un problème, dit le prêtre en entrant précipitamment. Il semblerait qu'Arashi ait fait des recherches dans la bibliothèque privée de son père.

— Arashi a disparu depuis la pause déjeuné, annonça Enrich. Même Daguelia n'a pas de nouvelle.

— Il a donc voulu rejoindre le peuple des Ormèques.

— Dans ce cas, nous allons l'intercepter, s'écria Enrich en se dirigeant vers la place des dragons.

Il décolla aussitôt avec certains de ses hommes et se dirigea à toute allure en direction de la grande eau. Mais lorsqu'ils arrivèrent, il était déjà trop tard. La seule chose qu'il aperçut se dissipant c'était un point noir loin dans le ciel.

— C'est trop tard, fit Daguelia qui les avait rejoints. Zokugun est un bon dragon, fort et puissant. Il a plus d'endurance que nous tous. Avec lui Arashi à beaucoup plus de chance de s'en sortir. Il prendra soin de lui.

— Nous devons croire en lui, dit Enrich. Nous devons protéger la cité en attendant qu'il revienne. Ils firent demi-tour.

L'empire ne leur laissa aucun répit. Il lança plusieurs assauts de toutes parts. Cela faisait des jours et des jours que cela durait, et les soldats commençaient à perdre espoir.

Mais alors qu'ils pensaient avoir le dessus, ils aperçurent au loin de tous les côtés plusieurs points noirs apparurent à l'horizon. Beaucoup se mirent sur les remparts pour mieux voir. Enrich prit son dragon et vola dans l'une des directions. Ce qu'il aperçut lui fit froid dans le dos. Des milliers de gobelins, de dragons terrestres et surtout de grandes catapultes tirées par des dragons. Ils se déplaçaient lentement. Mais ils seraient là dans les deux jours. Il retourna à la cité.

— Sonnez les alarmes ! cria-t-il en passant au-dessus de ses hommes. Prenez des dragonniers et suivez-moi !

En peu de temps, plusieurs dragons suivirent Enrich qui se dirigea vers la clairière. Là où ils taillaient des pierres. Son dragon passa en raz-motte et en pris plusieurs pierres au passage.

— Visez les catapultes en premier. Ils foncèrent vers l'ennemi.

Bien qu'ils réussirent à détruire plusieurs d'entre elles certaines arrivèrent à destination. Les dégâts sur la cité furent innombrables.

— Nous sommes perdus, dit l'un des hommes à Enrich.

— Non, tant que nous sommes en vie rien n'est perdu ! Des renforts vont arriver ! Il faut leur donner un peu de temps. D'ici là nous devons tenir !

Heureusement, toutes les femmes et les enfants avaient été conduits à l'abri loin d'ici. Si la cité devait tomber, il resterait certainement des survivants pour tout rebâtir.

Enrich fit le tour des soldats qui s'apprêtaient à partir au front.

— Je sais que vous avez peur ! Moi aussi j'ai peur tout comme vous. Arashi est parti chercher de l'aide et j'espère qu'il a enfin récupéré ses pouvoirs. D'ici là nous devons tenir. Nous devons nous battre pour sauver cette cité ! Nous battre pour nos femmes et nos enfants ! Pour leur donner un avenir. Je compte sur vous ! Arashi compte sur vous ! Pour notre cité !

— Pour notre cité ! crièrent tous les soldats en même temps.

Ils se jetèrent dans la bataille. Beaucoup périrent dans les deux camps. Enrich fut même légèrement blessé. Il regardait ses hommes de loin. La situation devenait plus que désespérée. Ils avaient combattu toute la nuit et le jour commençait à peine à se lever.

— Nous ne devons pas perdre ! Ce n'est pas possible ! Nous devons gagner !

Enrich ne put que contempler l'ampleur du désastre. La cité était entourée d'ennemis. S'ils n'avaient pas encore pu y pénétrer, c'était bien grâce aux archers en nombres suffisants. Les archers sur les dragons faisaient également beaucoup de dégâts. Mais malgré cela l'ennemi se trouvait maintenant aux portes de la cité. Enrich se demandait s'il n'allait pas donner l'ordre d'évacuer la cité. Il fallait qu'il sauve le plus de soldats possible. Au moment où il s'apprêtait à donner l'ordre le son puissant d'un cor retendit au loin. Un autre retentit aussitôt dans une autre direction suivie de plusieurs autres. Enrich regarda aussitôt dans toutes les directions. Il entendit beaucoup de bruit et de cris. C'est là qu'il les aperçut. Une immense vague de troupes venues de toutes parts à cheval fonçait droit sur les ennemis. Ils étaient coincés entre eux et les soldats de la cité. Des troupes de tous les côtés. Pour Enrich et ses hommes c'était le plus beau spectacle qui leur avait été donné de voir. L'ennemi se faisait littéralement massacrer. Les hommes encore debout et capables de se battre se joignirent à eux malgré leur fatigue. Non seulement ils ne voulaient pas rater cela, mais ils voulaient faire partie de cette histoire-là. Enrich malgré sa fatigue décolla sur son dragon et abattit plusieurs ennemies avec ses flèches. Il sauva même la vie d'un homme aux cheveux clairs.

— À qui ai-je l'honneur ? lui cria celui-ci.

— Enrich le chef de troupes armées de la cité.

— Capitaines Lanch, je viens au nom de mon peuple rejoindre l'armé de votre prince Arashi !

— Vous connaissez Arashi ?

— Oui. Et je crois que je ne suis pas venu seul !

Enrich aperçut à l'autre bout la troupe des humains, commandé par le fameux capitaine Serve. Ils semblaient beaucoup plus nombreux qu'il ne l'aurait cru.

Décidément Arashi s'était fait beaucoup plus d'alliés qu'il ne l'aurait cru. En quelques mois seulement il avait réussi à réunir plusieurs peuples.

Ils se battirent encore de nombreuses heures, mais durent finalement retourner à la cité pour se reposer et reprendre des forces. Enrich fut réveillé en catastrophe au petit matin. Son subordonné le conduisit sur les remparts. Un gros nuage semblait venir droit vers eux.

— Non, ce n'est pas possible ! fit Enrich qui comprit que c'était les troupes ennemies volantes. Ils venaient des montagnes de l'empire, ce ne pouvait pas être des alliés.

— Faites décoller nos troupes volantes !

La troupe d'Enrich décolla en peu de temps. Ils prirent au passage de longues lances. Il avait repris l'idée d'Arashi qui faisait beaucoup de dégâts finalement. La plupart des pièges avaient bien fonctionné, mais bien qu'ils aient fait beaucoup de dégâts chez l'ennemi, ils furent totalement dépassés par le nombre. Le choc de la rencontre fut puissant. Beaucoup furent blessés ou tués. Enrich réussit à planter plusieurs ennemis avec sa lance, mais il perdait beaucoup d'hommes. Alors qu'il s'apprêtait à se jeter sur un autre dragon ennemi, il perçut l'étonnement de celui-ci. Il regarda la direction que l'ennemi semblait regarder lui-même. Un immense nuage noir semblait venir dans leur direction. Enrich comprit qu'il venait tout droit de la grande étendue d'eau.

— Les Ormèques ! Ils sont venus ! On se replie ! cria-t-il aux hommes qui restaient.

Il ne valait mieux pas rester dans les parages lorsque la rencontre allait avoir lieu. Mieux valait leur laisser le champ libre. Il se doutait que le choc serait encore plus violent.

Ils purent observer la rencontre. Le choc fut fatal surtout pour l'ennemi. Ce n'était pas des dragons. Il ne connaissait pas cette espèce. Cela ne semblait pas vivant. Mais il y avait bien un être qui chevauchait cette étrange créature grise. Toutes les flèches ne semblaient pas atteindre ces choses. Bien au contraire, elles se cognaient dessus et retombaient au sol. Les dragons qui se cognaient à eux se retrouvaient soit complètement sonnés soit blessés par le choc. La troupe ennemie fut décimée en moins d'une heure. Alors qu'eux-mêmes se battaient déjà depuis plusieurs heures sans en décimer autant.

Enrich décida d'en profiter pour faire reposer ses hommes et leurs dragons. Un des Ormèques le suivit et se posa non loin. Il descendit de son étrange oiseau et se dirigea vers lui.

— Je suis Ori, le représentant des Ormèques. Votre prince Arashi est venu nous voir et nous avons décidé de vous assister dans cette bataille.

— Dans ce cas, je ne sais comment vous remercier, mais je vous offre l'hospitalité et un endroit pour vous reposer vous et vos…

— Ce ne sont pas des êtres vivants. Nos oiseaux de fer comme on pourrait les appeler ne fonctionnent qu'avec l'énergie du soleil.

— L'énergie du soleil ? Je n'ai jamais entendu parler d'une chose pareille. Et ce n'est pas vivant ?

— Non, purement mécanique tout comme vos charrettes vos moulins à vent, à part que la matière et du fer comme vos épées et non du bois.

— Vraiment intéressant, fit Enrich.

Ori le suivit à l'intérieur de la cité. Il lui montra un endroit pour qu'il se repose et ils se retrouvèrent le lendemain au déjeuner.

— Où est Arashi ? demanda soudain Enrich.

— Il est parti dans la montagne noire.

— La montagne du chef de l'empire ? Tout seul ? Mais c'est du suicide !

— Non, il a dû normalement acquérir ses dons maintenant.

— Nous devons le rejoindre dans ce cas.

— C'était prévu. Il vaut mieux attaquer l'empire des ombres maintenant après cette défaite avant qu'il ne reconstitue une nouvelle armée et qu'ils viennent encore plus nombreux cette fois.

— Je vais lever une nouvelle armée et nous nous mettrons en route dès ce matin.

— Nous vous suivrons avec nos appareils et nos troupes au sol qui ont dû arriver dès cette nuit. Mais pour l'instant, vous devez tous vous reposer. Nous avons apporté un remède spécial. Tout le monde sera opérationnel le moment venu.

Enrich ne s'opposa pas à cette remarque. Les troupes étaient épuisées. Ori tient sa promesse. Tous les soldats bénéficièrent de ce fameux remède. Et au moment du départ, tous étaient en pleine forme.

Ils arrivèrent le surlendemain matin devant la fameuse montagne.

Ils n'avaient rencontré que très peu de résistance. Mais l'ennemi devait certainement savoir qu'ils étaient là. Il leur avait sûrement préparé une surprise pour leur arrivée. Les humains, les Ormèques, les troupes de Lanch, ceux des autres peuples étaient présents. À pied, à cheval, à dos de dragons terrestres et dragons volants. Daguelia suivait Enrich.

— Arashi se trouve dans la montagne. Je ne vois pas ou exactement, mais il est bien présent et en vie.

— Nous attaquerons dès ce soir, ordonna Enrich. En attendant, profitons-en pour nous reposer.

Il en profita pour discuter longuement avec les principaux chefs de clans. Ils prirent plusieurs décisions et se reposèrent le reste de la journée.

Le soleil avait déjà bien disparu lorsque tous les cors sonnèrent en même temps. La montagne fut aussitôt prise d'assaut. C'est à ce moment-là que des milliers de gobelins sortirent en courant et se jetèrent sur eux. Beaucoup furent décimés par les troupes volantes avec leurs archers.

Enrich en profita pour pénétrer à l'intérieur de la montagne suivie de Lanch. Ils se faufilèrent profitant de l'inattention de certains gobelins. Ils couraient au début dans de longs couloirs. Ils libérèrent au passage des prisonniers qu'ils rencontrèrent en route. Ils ouvrirent de nombreux cachots.

Ils tombèrent sur plusieurs troupes d'ennemis, mais l'étroitesse des couloirs leur permit de les vaincre facilement.

— À ce rythme-là, on va se perdre ! lança Enrich. J'ai vraiment l'impression qu'on tourne en rond.

— Bien au contraire ! Plus nous rencontrons de troupes ennemies plus on arrive à un endroit intéressant.

— Il a raison votre ami, fit Ori qui venait juste de les rejoindre.

— Vous nous avez suivis ? s'étonna Enrich.

— Je ne vais certes pas manquer le plus intéressant !

— Nous devons retrouver Arashi avant qu'il ne rencontre le roi de cette foutue montagne, le connaissant il serait bien capable de se sacrifier !

— Ne vous inquiétez pas, j'ai fait en sorte qu'il ne lui arrive rien, reprit Ori. Venez c'est par ici dit-il en prenant un autre couloir.

Enrich et Lanch le suivirent non sans se jeter un regard suspicieux. Ils traversèrent encore bon nombre de couloirs. Rencontrèrent encore bon nombre d'ennemis qu'ils abattirent sans difficulté.

La montagne sembla trembler un moment.

— Le combat entre Arashi et le seigneur de l'ombre semble avoir déjà commencé, affirma Ori en scrutant l'un des couloirs.

Ils entendirent du mouvement droit devant eux.

Ils se mirent en position de défense sauf Ori.

— Ce sont des alliés, dit-il en montrant du doigt la direction d'où le groupe apparu.

Zokugun arriva le premier suivit de plusieurs dragons de petite taille, d'humain en fort mauvais état et quelques représentants. Mais ce fut la personne qui était sur le dos de Zokugun qui attira le plus l'attention d'Enrich.

— Mon Roi ? dit-il avec un grand étonnement. Vous êtes vivant !

— Oui, mon garçon. Mais allez aider Arashi au plus vite, il est en train de se battre avec l'empereur des Ombres.

— Nous sommes venus attaquer cette montagne avec des alliés mon roi.

— La cité ?

— Elle a eu quelques dégâts, mais ça va. Ça aurait pu être pire. Arashi a eu de nombreux alliés qui combattent avec nous. Dont le peuple des Ormèques dont voici leur représentant Ori.

— Je ne sais comment vous remercier.

— Votre peuple nous avait aidés à évacuer il y a fort longtemps. Nous avions une dette envers vous. dit Ori en baisant la tête.

— Zokugun emmène-les à l'extérieur et protège le roi. Nous allons continuer à avancer.

Zokugun baissa la tête en signe d'acceptation et continua sa route suivie de tous les rescapés.

Une forte explosion secoua toute la montagne. De nombreux couloirs commencèrent à s'effondrer. Tous reprirent le chemin de la sortie avant de se retrouver écrasés ou coincer sous les chutes de pierres.

16

Il faisait nuit lorsque Arashi atterrit près de la montagne. Il se posa en douceur et ils pénétrèrent dans l'ouverture la plus grande. Il faisait tellement nuit qu'ils y voyaient à peine. Arashi fut étonné de ne rien entendre ni rencontrer qui que ce soit. C'était trop calme. On n'entendait même pas les bruits habituels de divers animaux nocturnes. Ce qui ne présageait rien de bon.

— Ils sont sûrement partis en direction de la cité, dit Zokugun mentalement.

— Malheureusement oui, répondit Arashi visiblement inquiet.

Il espérait que tous seraient prêts pour les recevoir.

— Cet endroit est vaste. Restons sur nos gardes, il se pourrait que nous rencontrions des dragons et des gobelins.

Ils marchèrent lentement épiant le moindre bruit. Curieusement, tout semblait silencieux à l'intérieur. Les couloirs étaient assez vastes pour laisser passer un grand dragon tel que Zokugun. Celui-ci s'arrêta soudain et épia l'air.

—De ce côté, je sens quelque chose.

—De la souffrance, de la peur, répondit Arashi qui sentait lui aussi.

Ils se dirigèrent dans cette direction tout en restant sur leurs gardes. Il ne fallut pas longtemps pour tomber sur une troupe de gobelins armés. Ceux-ci semblaient monter la garde en silence. Il n'en resta plus que des cendres une fois que Zokugun se fut occupé d'eux. Ils continuèrent leurs routes. Plus ils approchaient et plus il ressentait de la souffrance et de la peur. Arashi se sentait mal. Il craignait de tomber encore une fois sur un jeune dragon mourant, voire pire encore. Ils durent combattre plusieurs fois des groupes de gobelins. Ils finirent dans le même état que les précédents.

— On approche, fit Arashi.

Ils sentaient l'odeur présidentielle des gobelins. Ils débouchèrent sur une vaste salle. Ils durent encore se battre contre tout un groupe de gobelins. Arashi était descendu du dos de Zokugun et en abattit plusieurs à l'épée. Lorsque ce fut enfin fini, il observa les environs. Plusieurs portes fermées se trouvaient tout autour. Cependant, l'une d'elles attira plus particulières l'attention d'Arashi. Il réussit tant bien que mal à l'ouvrir en cassant la serrure avec son couteau. Ce qu'il ressentait au fond de lui le troublait au plus haut point. Cette cellule devait abriter quelque chose ou quelqu'un de spécial. Il avait un lien avec. Il le sentait. Il entra doucement à l'intérieur. Elle était sombre. Ce fut au fond qu'il perçut un léger mouvement. Une masse cachée dans ce qui ressemblait à une vieille couverture. Arashi s'approcha de plus en plus et distingua une silhouette humaine.

— Monsieur ? Ne vous en faites pas, on va vous sortir de
là.

La silhouette sursauta et se releva doucement en s'aidant
du mur.

— Arashi ? répondit celui-ci. Arashi ? C'est bien toi ?

Arashi resta quelques secondes interdites reconnaissant
enfin cette voix.

— Non ! Ce n'est pas possible ! dit-il en se précipitant vers
l'homme et l'aidant à le soulever. Je vous ai enfin retrouvé
!

— Mon fils, tu es venu me chercher ?

— Père ! Vous êtes en vie !

— Oui, je sais que l'empereur Gark a fait une copie
conforme de moi-même. J'avais peur pour toi.

— Père ! cria Arashi en le prenant dans ses bras.

— Arashi, tu devrais venir voir, lui dit Zokugun.

Ils entendirent plusieurs bruits au loin. Arashi sortit de la
cellule accompagnée de son père.

Il découvrit les nombreux prisonniers que l'empereur de
l'ombre avait faits prisonniers. Des dragons, des
représentants de divers peuples, des humains… Zokugun
avait réussi à casser toutes les serrures avec simplement
une de ses griffes.

— La montagne est attaquée, continua Zokugun.

— Mon dragon ! Je le sens il est ici ! s'écria soudain le
père d'Arashi.

— Il semblerait que vous ayez plus d'alliés que prévu ! dit un être totalement habillé en noir en apparaissant d'un des couloirs.

— Zokugun, emmène tout le monde à l'extérieur, ordonna Arashi en sortant son épée.

Il comprit que cet être-là était leur ennemi et qu'il était venu pour lui. Il ne sortirait pas de cette montagne sans le combattre.

— Arashi, tu… commença Zokugun.

— Tu es le seul qui puisse les défendre en cas d'attaque de gobelins. Je m'occupe de lui en attendant que tu ramènes des renforts.

— Très bien répondit, celui-ci.

Il fit grimper le père d'Arashi sur son dos et tous le suivirent à travers le couloir. Les plus valides aidants les moins vigoureux.

Arashi observa l'être qu'il avait en face de lui. Plutôt grand, mais moitié humain, moitié gobelins à en juger par le visage hideux qu'il avait. Il sortit également son épée. Il était là assurément pour le tuer.

— Votre réputation vous précède jeune homme, dit Gark.

— Il est clair que je ne serais pas fier de la vôtre ! répondit Arashi sur le même ton.

— Je vois que vous avez même gagné en humour. Mais sera-t-il suffisant pour me battre moi, le seigneur de l'empire des ombres !

Arashi ne répondit pas. Il se tenait prêt. Il attendait le début du combat. Gark se mit à lui tourner autour tout en faisant tourner son épée dans les mains. Arashi se doutait qu'il allait l'attaquer sans prévenir. Il fit le vide en lui se concentrant uniquement sur les mouvements de l'ennemi.

Gark chargea Arashi, mais celui-ci ne fut pas surpris et contrecarra son attaque facilement. Gark continua de foncer sur lui ne lui laissant aucun répit. Arashi tenu tête pendant un bon moment. La montagne semblait trembler autour d'eux. On entendait des grondements par moments. Quelques pierres tombèrent du plafond. Ils continuèrent de se battre. Le bruit des épées s'entrechoquant résonnait sur les parois. La montagne trembla encore plus. Des bruits de grondement résonnaient de plus en plus et faisaient trembler celle-ci. Arashi sentit le sol trembler sous ses pieds. Des pierres continuaient de tomber. Il devait non seulement les éviter, mais aussi contrecarrer les attaques incessantes de Gark. Mais alors qu'il échappa de justesse à plusieurs de celle-ci qui semblait de plus en plus grosse, il ne put éviter le coup d'épée de Gark au ventre. Arashi se plia en deux sous l'effet de la douleur.

— Non ! cria Enrich qui venait d'arriver en même temps que Lanch et Ori.

Mais celui-ci le retient fermement.

— Faites-moi confiance, lui dit-il en le regardant dans les yeux.

Les éboulements se succédèrent. La montagne trembla de plus en plus, les grondements se firent de plus en plus forts. Il pleuvait bon nombre de cailloux et de pierres de toutes tailles. On y voyait presque plus. Le plafond se fendit en plusieurs morceaux. Cela tombait de toutes parts. Ils durent les éviter et se mettre à l'abri. Ori poussa Enrich et Lanch dans le tunnel le plus proche.

Le toit de la montagne s'effondra complètement sous un bruit terrifiant. Le jour apparu. Lorsque le bruit s'arrêta enfin, que la poussière s'était en partie dissipée, il ne resta qu'un vaste terrain de gravats. Enrich se précipita vers l'endroit où se trouvait Arashi aidé de Lanch ils déblayèrent plusieurs pierres et petits rochers avant de découvrir ce qu'il restait du corps d'Arashi. Ils s'accroupirent en larmes.

— Non ! Ce n'est pas possible ! Ce ne peut être vrai, fit Enrich. Pas vous !

Ils entendirent le rire cynique de Gark. Celui-ci était sur le dos de son dragon et s'apprêtait à décoller.

— Maintenant, je vais pouvoir m'occuper de votre satanée cité en personne, dit-il tout en riant de plus belle. Il décolla et disparut dans le ciel.

— Je vais le tuer ! cria Enrich. Je te tuerais de mes propres mains ! Je le jure !

— Venez ! dit Ori.

— Non ! Nous ne pouvons pas le laisser ainsi.

Enrich le recouvrit de pierre et planta son épée au-dessus.

Lanch dit une prière et ils suivirent Ori. Leurs dragons respectifs arrivèrent au même moment. L'appareil d'Ori fut déposé par un des dragons de la cité.

— Faites-moi confiance, leur dit Ori avant de grimper sur son oiseau de fer.

Enrich et Lanch se regardèrent incrédules et décolèrent. Ils étaient trop bouleversés pour essayer de comprendre quoi que ce soit. Ils rejoignirent le camp allié le plus proche.

Enrich et Lanch furent étonnés de voir Ori discuter avec le prêtre. Enrich ne comprenait d'ailleurs pas pourquoi celui-ci était présent dans ce camp. Ils se postèrent près du feu en silence. Le prêtre se dirigea dans leur direction et leur tendit de quoi manger et deux tasses d'un liquide chaud.

— Je suis là pour aider à soigner les blessés, leur dit-il comme s'il avait compris leur question. J'aide également aux repas. Tenez cela devrait vous remettre d'aplomb pour la bataille de demain.

Enrich et Lanch étaient trop bouleversés pour dire quoi que ce soit. Pour eux, plus rien ne comptait après avoir vu mourir Arashi. Ils pensaient que tout était perdu. L'ennemi allait gagner. Ils mangèrent et burent ce que leur donna le prêtre sans discuter. Enrich fut étonné que celui-ci reste avec eux jusqu'à la fin du repas. Il ne se réveilla que le lendemain et ne se souvenait absolument pas de s'être endormi. Ori était présent et visiblement semblait les attendre.

Enrich prit aussitôt les choses en mains. Après avoir pris un rapide repas, il demanda ce qu'il restait des troupes aux divers capitaines et prépara un plan pour défendre la cité tout entière. Gark avait certainement dû déjà avoir rejoint la cité. Et il devait certainement avoir des troupes en réserve cachées quelque part. Il fit plusieurs groupes. Tous étaient composés de troupes à pied, de dragons terrestres et volants. Il fit partir certains groupes en premier afin que tous arrivent à la cité en même temps. Celle-ci serait certainement entourée d'ennemis. Donc il avait prévu de les encercler également et ceux-ci seraient pris entre deux feux. S'il devait mourir, il devrait au moins le faire avec honneur. Par respect pour Arashi, pour son père et le peuple de la cité.

Son groupe partit qu'en fin de soirée. Il était accompagné d'Ori qui le suivait avec certains de ses hommes. Lanch suivait en dessous avec son groupe et plusieurs dragons terrestres. D'un bref regard avec Enrich ils comprirent tous deux qu'ils avaient la même résolution. Pour eux ce serait certainement la fin de leur histoire lors de cette dernière bataille. Cette fin, c'est eux qui la choisiraient. Et ils le feraient avec honneur. Ils n'arrivèrent qu'au petit matin devant la cité. Celle-ci était totalement assiégée de toutes parts. Le moral des troupes avait été mis au plus bas avec la mort annoncée d'Arashi. Le roi lui-même semblait avoir disparu avec son dragon. D'ailleurs, on n'avait pas retrouvé Zokugun non plus. Personne ne semblait savoir où ils étaient. Enrich n'avait lui-même pas son courage habituel. Il pensait que tous semblaient perdus. Comment donner du moral aux troupes dans ses conditions... Pourtant les dragons ne semblaient pas déprimés. Ils se battaient comme à l'accoutumée avec toutes leurs forces physiques et morales comme si de rien n'était. Ce qui étonna finalement Enrich. Ce n'est pas normal se dit-il. Ils auraient dû avoir plus de colère, plus de hargne. Un dragon qui avait perdu un ami, un compagnon était beaucoup plus dangereux. Dévoré par la vengeance son ennemi finissait généralement dévoré ou déchiqueté. Il avait déjà été témoin et il n'en gardait pas un bon souvenir.

Enrich et toutes les troupes se tenaient prêts non loin du lieu de la bataille entourant ainsi entièrement la cité. Ils attendaient tous le signal pour lancer l'attaque en même temps. Même si l'ennemi les avait certainement déjà repérés ils ne pouvaient certainement pas se battre sur deux fronts en même temps. Enrich tourna la tête vers Ori. Celui-ci le regarda en souriant. Sur le coup, Enrich sentit la colère monter en flèche. Si cela n'avait pas été un allié se dit-il je lui aurais certainement déjà tranché la tête. La réaction de cet être commençait à l'énerver au plus haut point.

— Faites-moi confiance, lui redit Ori.

Enrich préféra détourner la tête. Il regarda droit devant. Les chevaux et les dragons commençaient à s'impatienter.

On entendait des piétinements d'impatience et divers grondements de certains dragons. Lorsque soudain le son d'un cor retentit au loin. C'était le signal. Il fut suivi par plusieurs d'autres par la suite. Enrich attendit le son de son groupe pour décoller. Son groupe était le dernier. Alors qu'il s'apprêtait à décoller en entendant enfin le sien il aperçut Ori qui décolla en même temps que lui avec un grand sourire. Il jura entre ses dents.

— Faites-moi confiance, redit-il en décollant.

Enrich s'apprêtait à prendre la tête de son groupe lorsqu'il entendit au loin plusieurs sons de cors différents. Ce n'était pas ceux employés habituellement ni par ses alliés ni par ceux de la cité. Il chercha dans les alentours en vain. Il espérait que ce n'était pas encore un groupe ennemi. Autrement cette fois ce serait leur fin à tous. Mais il n'attendait aucun groupe allié. C'était donc certainement la fin. Son regard croisa encore celui d'Ori.

— Maintenant, la véritable bataille commence ! lui cria-t-il.

Il leva sa main et souffla également longuement dans un cor. Celui-ci semblait avoir la même sonorité que ceux précédemment entendus. Les autres répondirent aussitôt.

Enrich fut stupéfait par ce qu'il se passa par la suite.

Il apercevait des milliers de points noirs dans le ciel se rapprochant rapidement. Il en aperçut également au sol. Il regarda Ori. Celui-ci toujours souriant lui désigna plus particulièrement un endroit sur la gauche. Enrich dirigea son dragon vers l'endroit désigné.

C'est là qu'il aperçut un groupe de dragons qui approchait à toute vitesse. Il reconnut au loin le roi ! Celui-ci menait un grand groupe tout droit sur l'ennemi. Ori lui désigna un autre endroit. Enrich aperçut un autre groupe de dragon. Cette fois c'était le groupe de dragon rebelle avec Zokugun en tête. Mais ce fut le troisième groupe qui venait directement derrière lui qui attira le plus son attention. Il lui semblait reconnaître cette silhouette. Ce dragon, ou plutôt cette dragonne de couleur feu... Daguelia fonçait tout droit vers l'ennemi. Mais c'était son cavalier qui attira le plus son attention. Il le reconnaîtrait parmi des centaines d'hommes.

— Arashi ? cria Enrich tout chamboulé. Comment était-ce possible ?

— Ben alors tu attends quoi pour botter les fesses à notre ennemi ? lui lança celui-ci en passant en trombe devant lui sans s'arrêter.

Enrich observa encore Ori avec interrogation.

— Il n'y a pas que l'ennemi qui a le pouvoir de duplication ! fit celui-ci en se dirigeant vers une autre troupe volante qui venait d'arriver.

Enrich comprit soudain ce qui s'était passé. Non seulement Arashi n'était pas mort, mais celui-ci avait concocté un plan tout seul avec les Ormèques. Ainsi l'ennemi qui semblait bien évidemment prévoir toutes leurs actions jusqu'à présent avait été trompé lui-même. L'ennemi devait sûrement être aussi surpris que lui-même et ses troupes également. Le traître parmi eux n'avait certainement pas pu prévenir l'empire des ombres de leur action. Cette fois ils avaient une grande chance de gagner ! Et il n'avait pas l'intention de la laisser passer.

Il se lança lui aussi dans la bataille cette fois avec plus d'entrain.

— Pour la cité ! cria-t-il fortement. Pour notre prince et notre roi !

— Pour la cité ! entendit-il. Toutes ses troupes étaient comme ragaillardies ! Il lança un bref regard à Lanch au loin. Celui-ci le salua avec son épée et se jeta dans la bataille. Pendant de longues heures, on entendait plus que le bruit des épées, des chairs qui se déchiquetaient, des cris de haine et de détresses. Des cris de dragons ennemis agonisants. Des chocs provoqués par la rencontre des dragons ennemis avec ceux des allers. Cela tombait de toute part. Le champ de bataille fut vite recouvert de divers blessés et cadavres. À tel point que cela en devenait difficile de se déplacer et même de se battre. L'odeur aussi commençait à devenir pestilentielle. Certains se mettaient même en retrait pour rejeter le peu qu'ils avaient réussi à manger avant la bataille.

17

Le choc fut encore plus violent. Les troupes alliées ne lésinèrent pas sur leurs attaques. Daguelia accéléra son allure et fonça droit sur l'ennemi. Arashi supporta le choc de l'impact. Il avait pris l'habitude de sa façon d'attaquer lors de leurs divers entraînements. Cela lui plaisait autant qu'elle de foncer ainsi à toute vitesse sur l'ennemi. Il était content de mener cette dernière bataille avec elle. Il put apercevoir certaines de ses troupes se battre au loin. Tous semblaient ragaillardis. Certains n'y croyaient pas encore, mais ils suivaient le mouvement. En revoyant leur prince et leur roi se lancer dans la bataille, ils semblaient tout à coup devenir invincibles. L'ennemi fut fortement mis à mal, ils eurent beaucoup de perte en très peu de temps seulement. Enrich put enfin approcher la cité profitant d'une ouverture et fut encore plus stupéfait par ce qu'il voyait. Il aperçut d'énormes arbalètes qui envoyaient des lances directement sur les dragons ennemis. Il y en avait plusieurs tout autour de la cité en action. Des arches avec des flèches en feu. D'autres soldats lançaient un liquide brûlant sur l'ennemi qui avait eu la chance de pouvoir accéder aux remparts. Mais le plus fascinant était les dragons qui lançaient des sortes de récipients sur l'ennemi. Certains crachèrent leur feu, les archers en tirant leurs flèches enflammées faisaient exposer ceux-ci en les visant avec leurs flèches. Enrich se souvient alors de la fois ou Arashi avait fait l'expérience de ces fameux explosifs dans la cour. Il avait tout prévu se dit-il. Il avait même prévu les intentions de l'ennemi. Il vola un peu plus haut afin de ne pas être pris dans le feu allié. Il ne put prolonger ses réflexions étant prises à parties par de nouveaux groupes ennemis. Il eut juste le temps d'apercevoir un énorme dragon arriver au loin. Ce dragon et son cavalier, il le reconnut sans peine. Celui-ci se dirigeait tout droit sur Arashi !

— Je préviens Daguelia, fit son dragon qui avait tout compris.

Il vit Arashi et Daguelia se décaler sur le côté. Ils venaient d'abattre encore un autre dragon. Gark se dirigea aussitôt vers lui. Enrich reprit son combat.

Arashi venait d'abattre encore un ennemi lorsque Daguelia l'avertit d'un danger. Arashi eut juste le temps de se retourner pour apercevoir l'ennemi en question. Il leur fonça dessus et Daguelia dût plonger afin de l'éviter. Arashi se cramponna jusqu'à ce qu'elle reprît un vol normal.

— Je crois qu'il veut nous défier, dit Daguelia.

— On ne devrait pas le décevoir dans ce cas, répondit Arashi qui se prépara au combat.

Il observa un moment Gark. Bien qu'il ait une capuche lui cachant en partie son visage, il distingua quelques traits.

Un mélange de Gobelin et d'humain assurément pensa Arashi.

— Je pensais t'avoir tué, cria-t-il cyniquement en faisant rapprocher son dragon non loin de Daguelia.

— Désolé de vous décevoir dans ce cas, répondit Arashi.

— J'espère que ce combat sera beaucoup plus long et intéressant qu'avec votre pâle copie.

— Rassurez-vous, je compte bien vous tuer !

— Dans ce cas je ne vais pas vous faire attendre plus longtemps, fit celui-ci en prenant un peu de distance. Arashi le suivit et le combat commença. Celui-ci fut d'une extrême violence. Ils s'étaient mis à l'écart bien heureusement. Certains racontèrent avoir vu des éclairs. D'autres de la foudre. Chaque rencontre laissait une énorme onde de choc.

Le combat durait déjà un bon moment. Arashi et Daguelia commençaient à sentir de la fatigue. Contrairement à Gark lui qui avait attendu patiemment avant de se jeter dans la bataille. Il décida que le moment était enfin venu. Daguelia se mit un peu en retrait.

— Déjà fatigué, cria Gark en riant.

— Je vous réserve une surprise bien au contraire.

Arashi ferma les yeux et se concentra. Il élimina un par un tous les bruits parasites. Il se concentra uniquement sur les ennemis, sur son principal ennemi. Il inspira profondément. Il ne se doutait pas qu'au loin le prêtre l'observait.

— Vas-y mon petit. Vas-y doucement, disait-il comme pour l'encourager.

Arashi avait mis de côté son épée. Gark l'observa un moment et se mit à rire.

— Tu as raison de faire tes prières, petit. Parce que quand j'en aurai fini avec toi, il ne restera pas grand-chose à ramasser.

Arashi se concentra encore plus, ignorant les paroles de Gark. Il sonda au plus profond de lui-même. C'est là qu'il la trouva. Cette petite flamme bien cachée au plus profond de lui. Cette flamme qui n'attendait qu'une chose, qu'on la réveille. Il la caressa de son esprit. La fit grandir, se concentra encore plus, la fit grandir encore et encore.

— Oh ! Hé ? Tu fais quoi là ? cria soudain Gark. Tu crois que c'est le moment de dormir ? Je te préviens si tu n'arrêtes pas tout de suite je te tue maintenant !

Il attendit quelques secondes et lança son dragon sur Daguelia qui ne bougea pas d'un pouce. Alors que son dragon s'apprêtait à la mordre, il se cogna contre une barrière invisible et fut projeté plus loin. Gark dut fortement se cramponner afin de ne pas basculer dans le vide. Il recommença et fut projeté encore plus loin. Il sortit son arc et lança plusieurs flèches. Toutes se cognèrent à cette fameuse barrière totalement invisible. À l'intérieur de cette protection, plusieurs lumières apparurent. C'est à ce moment-là qu'il perdit son sourire cynique. À ce moment-là qu'il commença à prendre peur. Il décida de prendre la fuite. Il ressentait cette peur qui grandissait en lui. Il sentait la mort. Il fit accélérer son dragon. En bas et en haut tous s'étaient arrêtés de se battre. L'ennemi dans son ensemble commençait à ressentir la même chose que leur chef. Certains commencèrent à suivre leur maître en commençant par prendre la fuite. Les alliés se regardèrent un à un sans comprendre. Seuls le prêtre et Ori avaient compris. La prophétie allait enfin se réaliser.

— Pourvu que cela n'entraîne pas la mort d'Arashi, dit le prêtre. Il savait dans quel état ils allaient le récupérer.

C'est là que cela se produisit. Un énorme grondement se fit entendre. Une sorte de tornade commença à tourner autour d'Arashi et de Daguelia. Celle-ci se mit à tourner de plus en plus vite. On ne les apercevait plus au milieu. Le grondement avait cessé laissant place au bruit du vent. Soudain des éclairs sortirent de toutes parts et s'éparpillèrent dans tous les sens. Chacune frappa un à un les ennemis. Ils disparurent sous une explosion. Un jet de cendre s'envolait au gré du vent à la place. Aucun ne fut épargné. Un plus gros éclair sortit et se dirigea tout droit sur Gark. Celui-ci tenta de l'éviter en vain. L'éclair poursuivit sa route en accélérant de vitesse et toucha finalement sa cible au loin. Une forte explosion s'ensuivit. On pouvait la voir à des milles à la ronde. Cela dura plusieurs graduations de bougie. Enrich envoya plusieurs personnes au-dessous de Daguelia et surtout Lenir. Le prête l'avait prévenu que celui-ci serait extrêmement fatigué et qu'il pouvait en mourir s'il ne faisait pas attention dont la façon il employait son pouvoir. La prophétie inscrite sur les textes s'était réalisée. C'était finalement ça son don. Mais le danger de mourir d'épuisement était bien réel. La cité était sauvée. Les peuples voisins étaient sauvés. L'empire était détruit définitivement. Ils étaient tous sauvés, mais à quel prix. Les plus valides commencèrent le déblaiement et à brûler les corps des ennemis. Lorsque enfin,, les éclairs disparurent Daguelia et Arashi tombèrent comme des pierres au sol. Daguelia fit un dernier effort afin de tomber avec le minimum de dégât et surtout afin de protéger Arashi.

Les soigneurs le transportèrent rapidement dans la cité et il fut confié aux bons soins de Lenir, des soigneurs et des Ormèques, dont la réputation sur leurs avances médicales n'était plus à faire. Si la plupart avaient rejoint leur terre après le déblaiement de la zone de combat, Ori et plusieurs soigneurs étaient restés pour aider à soigner le maximum de personnes et de dragons. Arashi resta de longs jours totalement inconscient dans la salle de soin. Ori et Lenir crurent bien le perdre plusieurs fois. Le roi et Enrich avaient repris leurs fonctions. Le traître avait été tué par un de ces éclairs. Ce n'était autre que le représentant des Roblins comme s'en était douté Arashi à l'époque. Ils avaient d'ailleurs retrouvé plusieurs pigeons voyageurs dans ses quartiers et quelques messages forts douteux. Les femmes et les enfants étaient revenus et la vie reprenait son cours. Lanch et ses hommes étaient répartis sur leur terre pour l'hiver.

La plupart des dégâts faits sur la cité avaient été réparés. Zokugun et son groupe de rebelles étaient repartis sur leur terre afin de repeupler leurs groupes. Daguelia qui s'était remise de sa fatigue et de ses blessures avait rejoint celui-ci. Elle prenait néanmoins régulièrement des nouvelles d'Arashi auprès de Denshi. Elle et Zokugun et quelques dragons avaient maintes fois donné de leurs forces pour sauver Arashi. Celui-ci semblait aller mieux, mais ne s'était toujours pas réveillé. Le roi commençait fortement à s'impatienter. Lui et Enrich étaient souvent à son chevet espérant le voir enfin ouvrir les yeux. Angel dormait tous les soirs auprès d'Arashi. Elle lui parlait beaucoup et surtout caressait son ventre qui commençait à prendre un plus de rondeur chaque jour.

Ori était reparti avec son groupe de soigneurs quelques jours après. Il confia à Lenir que normalement Arashi devrait se réveiller sous une quinzaine de jours environ.

Lenir veillait sur Arashi comme si sa propre vie en dépendait. Il réussissait néanmoins à lui faire boire certaines de ses potions malgré son état. Enrich était souvent obligé de le faire sortir des quartiers d'Arashi de force afin qu'il se repose lui aussi. Mais il retournait dans la chambre d'Arashi dès qu'il était réveillé. Ce matin-là fut comme à l'accoutumée, Lenir se précipita dans la chambre d'Arashi après un bref déjeuner. Il avait préparé diverses potions. Il les posa sur la petite table et se retourna. Il eut un choc en apercevant le lit totalement vide. Mais il perçut un faible mouvement sur la gauche. C'est là qu'il l'aperçut. Arashi qui était affalé sur le fauteuil.

— Impossible, dit-il en se précipitant vers lui. Arashi bougea faiblement.

— Lenir, réussit-il à dire. Combien de temps ?

— Prince Arashi ne bougez pas s'il vous plaît ! Lenir lui inspecta les yeux. Arashi semblait bien plus faible qu'il en avait l'air. Le simple fait qu'il ait réussi à se déplacer relevait du miracle. Mais cela avait dû grandement le fatiguer.

— La cité ? Le…

— Ne bougez pas, répéta Lenir qui se précipita vers une de ses potions et la fit boire de force à Arashi sans lui laisser le temps de comprendre ni de recracher quoi que ce soit.

— La cité est sauvée, nous avons gagné la bataille grâce à vous ! Mais en utilisant vos pouvoirs pour la première fois vous vous êtes épuisé presque à en mourir !

— Sauvé ? répéta Arashi entre deux bouchés de ce que Lenir tentait de lui faire avaler.

— Tout va bien, continua Lenir. Vous devez vous reposer. C'est tout. Vous reposez et reprendre des forces. Bientôt vous verrez, vous pourrez à nouveau courir comme un lapin. Daguelia a promis de revenir à la fin de l'hiver. Elle regrette de ne pas avoir pu vous demander l'autorisation de partir. Mais c'était sa seule chance de pouvoir procréer. Les dragons doivent aussi repeupler leur clan.

— Daguelia ? Avec qui ?

— Zokugun.

— Oui, ça ne m'étonne pas. Tous les deux sont faits pour s'étendre.

Arashi ferma les yeux et s'endormit.

Lenir poussa un soupir. Finalement, c'était bon signe qu'il se soit réveillé.

Enrich et le roi, suivit d'Angel entrèrent précipitamment dans la chambre d'Arashi.

— Il vient de se rendormir, les informa Lenir. Il ne s'est réveillé que très peu de temps, mais c'est très prometteur. Maintenant, on est sûr qu'il devrait pouvoir s'en sortir. Mais il lui faudra beaucoup de repos et éviter de lui donner des émotions fortes. Angel baissa la tête.

— Je suis désolé, dit Lenir en la regardant.

Ils restèrent un moment en observant Arashi qui dormait paisiblement. Lenir le veilla avec son père.

18

Lorsqu'il se réveilla pour la deuxième fois le lendemain seulement, c'était son père qui était auprès de lui. Il lui fit avaler encore cette étrange potion et réussit même à le faire manger brièvement. Il n'eut que très peu de conversation avant qu'il ne se rendorme. Le roi était inquiet malgré l'optimisme de Lenir. Bientôt la fin de l'hiver approchait. Plus le temps passait et moins Arashi aurait de chance de retrouver sa forme d'antan malgré son jeune âge. Son père ne le voyait certainement pas cloué dans un lit pour le restant de sa vie et encore moins son fils ne pouvant plus se battre. Arashi se réveillait quelques minutes une fois par jour. Tantôt, il trouva Lenir à son chevet, tantôt c'était son père ou Enrich. Tous lui faisaient boire cette étrange potion et tous le faisaient manger. Petit à petit, il mangea de plus grandes quantités. Il restait éveillé chaque jour de plus en plus longtemps. Il commençait à gagner en force. Mais lorsqu'il demandait à Lenir ou à son père ou était Angel il avait toujours la même réponse.

— Votre épouse est un peu fatiguée elle doit se reposer. Vous la verrez très prochainement. Mais plusieurs jours passèrent et il ne la voyait toujours pas. Il profita d'un moment, après s'être réveillé et que Lenir ce soit occupé de lui pour faire semblant de se rendormir. Il attendit que celui-ci soit sorti pour se lever et se diriger vers la chambre d'Angel. Malgré ses vertiges il réussit à entrer dans la chambre en se tenant aux murs. Il la trouva endormie dans son lit. Il avança lentement et se dirigea vers celui-ci. Il faillit tomber, mais se retient grâce à l'un des quatre piliers du lit. Il réussit à se coucher près de sa femme et se contenta de l'observer en silence. Son regard balaya son corps allongé, mais quelque chose l'intrigua. La hauteur de son corps semblait plus haute au niveau de son ventre. Elle semblait plus embellie et surtout plus ronde que d'ordinaire. Surtout autour de son ventre. Il passa sa main sous la couverture et sonda son corps.

Arashi ne comprenait pas. Son ventre était énorme. Sûrement pas dû à une éventuelle blessure ou une éventuelle maladie. À un moment il sursauta sentant quelque chose bouger dans ce ventre. Il se souvient subitement que les femelles cerf avaient le dos rond avant de faire leurs petits.

— Leurs petits, dit Arashi comprenant soudain. Cela voulait dire qu'Angel… Il retira sa main et demeura pensif un moment.

— Oh je suis désolé, dit-elle. Tu n'aurais pas dû l'apprendre de cette façon-là.

Arashi sursauta et observa Angel qui le regardait visiblement inquiète.

— Est-ce que cela veut dire que nous…

— Oui on va être parent toi et moi.

— Nous parents ? Je vais être père… reprit-il pensif. Comme mon père ?

Arashi n'avait pas vécu avec son père comme les autres enfants de son village. Il avait tant espéré que celui-ci vienne le chercher. Il observait parfois les pères apprenant à leurs enfants diverses choses. De la façon dont ils se comportaient.

— Oui c'est ça, répondit Angel en souriant. Elle fut soulagée que celui-ci sembla non seulement heureux de la nouvelle, mais que cela ne le perturba pas au point d'en faire un malaise comme le craignait Lenir.

— Je vais pouvoir lui enseigner l'art du combat et tout plein de choses !

— Oui, mais auparavant il va devoir grandir ce petit, dit-elle en souriant. Comment te sens-tu ?

— Je crois que ça va. En fait, je crois que je suis heureux.

Arashi reposa sa tête près d'Angel et s'endormit le sourire aux lèvres.

Lenir fut tout d'abord complètement paniqué de ne pas trouver Arashi dans sa chambre, mais le fut encore plus lorsqu'il comprit qu'il savait pour l'état d'Angel. Il tint donc à l'examiner sur toutes les coutures. À son grand soulagement, il constata qu'Arashi allait beaucoup mieux.

Il commençait même à pouvoir se lever. Il ne lui fallut que quelque jour avant qu'il ne le retrouve dehors en train de chevaucher khan sur les remparts. Il fut sévèrement sermonné par tout le monde y compris son père. Arashi ne comprenait pas pourquoi ils s'inquiétaient tous autant à son sujet. Il continua d'aller au-delà de ses limites. Mais il fit pire lorsque Daguelia vint le voir avec Zokugun. Ils volèrent un long moment en faisant toutes sortes d'acrobatie. Ce fut comme une deuxième renaissance pour Arashi. Ils finirent par un entraînement. Il fut complètement exténué lorsqu'ils revinrent le soir. Tous se firent sévèrement sermonner par le roi lui-même, Lenir et Enrich. Ce qui ne les empêcha pas de recommencer le lendemain.

Les jours passèrent, l'été touchait à sa fin. Arashi revenait d'un long entretien avec un allé d'un pays voisin lorsque Daguelia vint le chercher en urgence. Elle le ramena à la cité en volant à toute vitesse ce qui inquiéta fortement Arashi.

Il se précipita directement devant la chambre d'Angel. Lenir en sortit en s'essuyant les mains.

— Tout va bien, lui dit-il. Vous pouvez venir la voir, mais pas longtemps parce que l'accouchement la fortement fatigué.

Arashi entra doucement dans la chambre. Il aperçut un soigneur femme qui semblait s'occuper de quelque chose sur le côté. Angel lui sourit.

— Angel, dit-il en se rapprochant. C'est là qu'il les aperçut. Deux nourrissons dormaient côte à côte dans un petit berceau.

— Mais… Il y en a deux… réussit à dire Arashi.

— Oui prince Arashi, répondit la femme soigneuse. Vous avez eu des jumeaux. Une fille et un garçon. On peut dire que vous êtes béni des dieux !

— Des jumeaux, dit Arashi. L'émotion fut tellement forte qu'il s'écroula.

— Arashi ! cria Angel.

Lenir entra précipitamment dans la chambre. Il s'occupa d'Arashi et lui fit sentir un morceau de tissu qu'il avait sorti d'une de ses poches.

— Je m'y attendais !

Arashi se réveilla.

— Comment allez-vous ?

— Je me suis évanouie ? demanda Arashi.

— Oui, répondit Lenir qui l'aida à se relever. C'est tout à fait normal. Si vous ne faisiez pas le pitre tous les jours vous ne seriez pas dans cet état-là.

— Désolé de vous avoir fait peur.

— Oh ce n'est rien. Je commence avoir l'habitude avec vous. Bientôt je présume que ce sera pire avec la venue de votre petite tribu. Je vais avoir du souci à me faire.

— Je crois qu'ils vont tous vous faire tourner en bourrique ! fit Enrich qui venait d'entrer lui aussi, suivit du roi.

— C'est bien pour ça que je vais appeler du renfort, dit Lenir. Avec votre permission, je vous propose ma sœur et ma cousine en tant que soigneur personnel de votre petite famille !

Tous rirent de bon cœur.

Fin

Sarah-lyne.ishikawa@laposte.net

Du même auteur :

Shonen ai :
Shûji
Lié à un yakuza
Entre les bras d'un tueur
Au bout du chemin
Retour à la vie
Deuxième chance
Prisonnier de ton cœur
Tu seras mien !
Je vous réveillerai
Chevauchées sauvages
Par amour…
Amour dans l'ombre
Cœur de pirate
Une bouteille dans le ciel
Amour sauvage
Désespérément votre

<u>Autres genres</u> :

Hikaru : Fantastique

Humain Yvan : SF

L'Empire des dragons : Fantasy

Le bal des lucioles : Fantastique/drame

Notre dernier galop : Drame

Toshio, Le dernier Samouraï Meiji : Fantasy /Fantastique/époque féodal Japon

Yagyu, Le premier Samouraï : Fantasy /Fantastique/époque féodal Japon

L'Écume bleue, partie 1 : Fantasy

Jûzen, le guerrier maudit : Fantasy /Époque féodal Japon

Nous, les vieux de la vieille : Drame

L'indomptable Aya : Fantasy /Époque féodal Japon

Dragon de Feu : Fantastique

La légende d'Uma : Fantastique/SF

Un grand merci à Ourson pour sa relecture et corrections.

Un grand remerciement également à tous les lecteurs bêta sans qui cette histoire n'aurait pas pu prendre vie.

Un grand remerciement à mes filles qui me poussent à aller encore plus loin.

ISBN : 9791095309048

Dépôt légal : décembre 2015

www.ingramcontent.com/pod-product-compliance
Lightning Source LLC
Chambersburg PA
CBHW071404150726
48000CB00001B/160